내 모든 것 받아주는 글과 함께

필사하면 보이는 것들

경수경 고선해 김경아 김보영 김영주 백미정
위혜정 윤선희 진수민 진은혜 최덕분

대|경|북|스

필사하면 보이는 것들

1판 1쇄 인쇄 2023년 5월 8일
1판 1쇄 발행 2023년 5월 12일

발행인 김영대
편집디자인 임나영
펴낸 곳 대경북스
등록번호 제 1-1003호
주소 서울시 강동구 천중로42길 45(길동 379-15) 2F
전화 (02)485-1988, 485-2586~87
팩스 (02)485-1488
홈페이지 http://www.dkbooks.co.kr
e-mail dkbooks@chol.com

ISBN 978-89-5676-957-8

나의 문장, 우리의 문장에게

문장 | 생각이나 감정을 말과 글로 표현할 때 완결된 내용을 나타내는 최소의 단위.

안녕? 문장아.

너의 빼어난 생김새를 보며 감탄한다. 조그마한 몸짓으로 사람들의 영혼을 홀려 놓는 너의 재능은 어디서 온 거니? 너의 신급 능력을 대할 때면 할 말이 없어져. 그리고 결심했지. 너를 한껏 사용하기로 말이야. 물론, 좋은 쪽으로.

필사 | 베끼어 씀.

필사 1단계. 한 편의 글을 읽고 한 문장 선택 후, 또박또박 필사하며 낭독한다.

너의 처음과 끝을 그대로 따라 써 보았어. 너를 더 소중히 여기기 위해 낭독까지 하고 있단다. 알고 있니? 낭독의 힘을!

정여울 작가는 '나뿐만 아니라 타인의 삶까지 어루만지는 훌륭한 치유법'이 낭독이라고 했어. '아름다운 문장을 소리 내어 읽는 한, 우리는 아직 건강한 영혼의 주인공'이라고 말이야.

MRI로 촬영해 보니 낭독할 때 혈액량이 많아지고 뇌 신경세포의 70% 이상이 반응을 한대. 낭독할 때 뇌가 가장 활발하게 활동했다는 뜻이야. 치매예방에도 좋고. 그래서 너를 쓸 때 우리 작가님들은 낭독을 한단다. 어때? 네가 더 빛나는 느낌이지?

그리고 너를 정성스레 쓰고 싶어. 가치 있는 모든 것엔 시간이 필요해. 전문가나 장인이라 불리는 사람들의 공통점 중 하나가 뭔지 아니? '디테일'이야. 그래서 널 베끼어 쓸 때, 일부러 천천히 또박또박 쓴단다. 이 정도면 우리 작가님들이 널 얼마나 귀하게 여기고 있는지 알았을 거야.

필사 2단계. 단어 한 가지를 선택해서 뜻을 찾아보거나 필사한다.

우리가 사용하는 단어는 마음과 세계를 한정짓지. 그리고 내가 어떤 단어를 사용하느냐에 따라 나와 인생이 바뀌기도 하고. 단어의 뜻을 명확히 알고 사용할 수 있다면 내 마음과 내가 살고 있는 세상을 이해하는 데 적잖은 도움을 받을 수 있다고 생각했어. 이어령 교수님께서 하셨던 말씀을 들으면 너도 고개를 끄덕이게 될 거야.

"word가 world를 창조한다."

필사 3단계. 글을 읽으며 들었던 생각을 질문으로 바꾸어 써 본다.

처음부터 '글쓰기'를 한다면 부담되겠지만 내 생각을 질문으로 써 본다면 조금 자유로운 마음으로 글을 접할 수 있을 것 같았어. 너의 친한 친구 물음표는 우리에게도 좋은 친구란다. 물음표 덕분에 언제 쉼표를 찍어야 할지, 언제 마쳐야 할지 알 수 있어. 어디 그뿐이니? 생각하고 있는 바를 언제 표현해야 할지, 언제 대화해야 할지, 느낌표가 등장하는 지점은 어디인지 알 수도 있지.

좋은 질문은 답이 아니라 깨달음을 준다고 하잖아. 그래서 필사의 마지막은 물음표를 선물해 주는 것으로 선택했어.

우리 책을 선택해 주신, 너를 선택해 주신 독자들 또한 필사의 묘미와 효과를 누렸음 해. 좋은 문장을 낭독하며 따라 쓰고, 단어의 명확한 뜻을 눈으로 확인한 후, 질문에 답을 써 본다면, 이 책의 가치가 어느 정도 되겠니? 그리고 소중한 지인들에게 이 책을 선물로 건넨다면? 신난다!

문장아,

우리 삶이 끝날 때 즈음 각자의 마음엔 어떤 문장이 새겨져 있을까? 그건 아마, 지금 내가 어떤 생각을 하고 어떤 글을 읽고 어떤 글을 쓰느냐를 보면 알 수 있을 듯해. 예견할 수 있는 미래, 멋지다.

너를 필사하며 곱씹으며 쓰다듬으며 다시 그리워하며 그리 살게.

너를 보며 나를 볼게.

너를 보며 우리를 볼게.

너를 보며 세계를 볼게.

고마워, 문장아.

사랑해, 문장아.

오늘 쓴 글이 내일 만날 당신의 가능성이다.

· 김종원 〈오십에 시작하는 마음공부〉 ·

필사하며 많은 것을 보게 된

우리 작가님들의 마음대표,

백미정

contents

story 01. 끄적임 : 나의 글은 알고 있다

story 02. 배움 : 여섯 살의 엄마에게

story 03. 나폴레온 힐에게 배우다

story 04. 채움 : 비운다는 것

story 05. 속삭임 : 말하기 듣기 영역

story 06. 토닥임 : 인내를 어루만지다

story 01.

끄적임 : 나의 글은 알고 있다

글
이
글
썽였다.
글
동무들에게 건배!

Glory

내 모든 것 받아주는 글과 함께,
내 모든 이야기 들어주는 글동무들과 함께,
영광을 이루어 내다.

1. 고선해

지금처럼 나는

책을 여러 권 썼지만 쓰면 쓸수록 어렵게 느껴져 포기 아닌 포기를 하고 있었다.

"이기적인 글쓰기를 해야 한다. 내가 재밌고, 나에게 유용하고 스스로 감동해야 남에게 줄 게 생긴다. 독자를 위해서만 쓰는 글은 쉬 지친다."는 강원국 작가의 말에 깊은 공감이 되었다. 누군가를 위한 글을 쓰겠다고 생각했기에 글 쓰는 것이 어려웠다는 것도 깨달았다.

내 마음을 온전히 쏟아내는 글을 쓰고 그 글에 내가 감동하며 눈물 흘릴 수 있는, 나를 위한 글쓰기를 해야겠다. 나를 위한 이기적인 글이 나와 같은 상황에 놓인 독자의 마음에 감동을 줄 수 있을 것이기에.

'지금은 내가 쓴 글이 마음에 들지 않지만, 글쓰기 전문가들의 조언대로 꾸준히 써 보자!'라고 다짐했다. 권수를 채우기 급급했던 독서에서 글을 잘 쓰기 위한 독서로 목적과 방법을 바꾸었다. 책을 읽다가 내 삶의 조각을 떠올리고 그 조각들이 모여 한 편의 글이 되기를 희망하면서 하루에 한 줄이라도 글을 쓰고 있다.

"삶을 바꿀 수 없다면 그 삶을 바라보는 태도를 바꿔라."

좌절, 절망의 순간에 마음속으로 수없이 되뇌었던 말이다. '역경'을 '경력'으로 바꾸면서 여기까지 온 나에게 영혼을 담아 말해 주고 싶다.

"선해야, 그동안 애 많이 썼지? 기특해. 대견하고."

앞으로의 삶에서도 내가 예측하지 못한 비바람, 폭풍을 만나게 될 것이다. 그러나 지금처럼 나는 잘 견딜 것이다. 그리고 그 과정을 글로 기록할 것이다. 힘든 시간을 견뎌야 하는 사람들에게, 포기하지 않는 삶을 살았던 내 경험이 따스한 손길의 토닥임이 되기를 바라면서.

이기적인 글쓰기를 해야 한다. 내가 재밌고, 나에게 유용하고, 스스로 감동해야 남에게 줄 게 생긴다. 독자를 위해서만 쓰면 쉬 지친다.

• 강원국 〈강원국의 글쓰기〉 •

필사하기

유용

❶ 남의 것이나 다른 곳에 쓰기로 되어 있는 것을 다른 데로 돌려씀.
❷ 세출 예산에 정한 부, 관, 항, 목, 절의 구분 가운데 절의 경비에 관하여 각각 상호 간에 다른 데로 돌려쓰는 일.
❸ 날마다 쓰는 비용.

☺ **힘든 상황을 극복했을 때 느낀 감정을, 오로지 나만을 위해 글로 써 볼까요?**

2. 위혜정

길은 걷는 자의 것, 글은 쓰는 자의 것

'내 글이 책으로 과연 나올 수 있을까?'

덜컥! 출판사와 계약을 해버렸다. 원고 작업을 하면 할수록 나의 지력, 주어진 시간과 에너지가 턱없이 부족했다. 되돌릴 수도 없었다. 계약금은 이미 온데간데없이 사라졌고 '못하겠어요!'라고 상황을 물리기엔 알량한 자존심이 허락하지 않았다. 책 분량은 채워야 한다는 강박에 키보드 위의 손가락은 분주했지만, 매번 역부족이라는 생각에 가슴이 턱턱 막혔다.

'왜 한다고 그랬어? 넌 왜 맨날 사서 고생을 하는 거야?'

써야만 하는 불변의 상황, 별 도움 되지 않는 자책의 시궁창 속에서 유일하게 나를 건진 것은 이른 아침 매시간 꾸역꾸역 책상 앞에 앉는 엉덩이의 힘이었다. '어차피 엎질러진 물, 그냥 목차별로 쪼개서 쉽게 쓸 수 있는 부분부터 써 내려가자.' 신기하게 나를 힘 빠지게 하는 것도, 나를 힘내게 하는 것도 모두 나로부터 나온 것이었다. 나의 생각들과 씨름하며 6개월을 채웠다. 마감 기한에 맞춰 원고도 끝을 맺었다. 잊을 수 없는 후련함이었다. 그리고 나는, 동일한 출판사와 또 다른 책을 계약하기 위해 출판사를 방문했다. 난생처음 출판사 구경을 하러 가다니.

"드디어 선생님을 뵙게 되네요. 그날은 꽃단장하고 오겠습니다." 유선으로만 소통했던 편집장님의 위트 있는 멘트가 힘겨웠던 시간을 모두 씻겨 주었다.

길을 걸으면 길이 시작된다. 길은 걷는 자의 것이니.

앞으로 나가기 힘들어 인생 바닥에 주저앉아 있을 때 뼛속 깊은 데까지 나를 위로해 주었던 詩. 글과 함께 딸려 왔던 모든 감성이 이제는 내 삶과 함께하게 되었다.

글이 써지지 않아도 괜찮다. 잠시 멈춰서더라도 떼어낼 한 걸음을 기다리며 길섶에서 그 길을 지키고 있으면 된다. 지금도, 앞으로도 글을 쓸 내 인생, 이미 시작된 길 위에 나는 멈추지 않는다.

단어 하나. 하나의 이미지. 하나의 세부. 전진하자. 그리고 다음에 어떤 일이 벌어지는지 보자.

• 대니 샤피로 〈계속 쓰기 : 나의 단어로〉 •

필사하기 ●●●

전진 앞으로 나아가다.

☺ **글쓰기가 어려울 때는 어떻게 하시나요?**

3. 김보영

이제는

'매일 골골거리면서 왜 자꾸 일을 벌여?'

조금만 무리하면 피곤해서 살림도 겨우 하고 있다.

'마무리 못 할 거면 시작도 하지 마. 그거, 민폐라고.'

"책 내봐야 돈도 안 된다던데 뭐 하러 힘 빼?"

가족의 응원은 이제 바라지도 않는다.

내면의 두려운 목소리가 이미 나를 주저앉혔으니까.

'완주하지 못하는 게 두렵니?'

꼭 해보고 싶은데. 이렇게 맘이 설레는데.

출발선에서 질질 짜지 말고 차라리 중간에서 넘어져 보자.

함께 하는 사람들이 있잖아.

내 손을 잡아 줄 거야.

같이 뛰어 줄 거야.

보영아,

너는 존재만으로도 빛이 나.

그동안 많이 외로웠겠다.

있는 그대로의 모습으로 사랑받지 못해서.

가슴 속이 늘 눅눅했던 너는

따스한 태양을 원했을 거야.

빛이 되고 싶었을 거야.

많이 미안해. 너무 늦게 깨달아서.

이제는 어루만질 수 있어.

울퉁불퉁하기도 하지만 단단한 네 영혼의 나이테를.

자신이 쓴 글을 시간이 지나 다시 살피면서 어느 부분이 부족한지 점검하는 것, 그러다 때로 창피해서 얼굴이 화끈해지는 것, 가끔은 '나 글 진짜 못 쓰는구나'라고 자학하는 것도 작가의 일이다.

· 장강명 〈책 한번 써봅시다〉 ·

필사하기 ●●●

부족 필요한 양이나 기준에 미치지 못해 충분하지 아니함.

☺ 글쓰기 명언, 공감되나요? 그 이유는?

4. 김영주

날개 달아주기

'어떻게 시작해야 하지?'

평범하지 않은 나의 경험들과 일상적이지 않은 삶을 이야기할 때면 주변 사람들은 하나같이 이야기한다.

"책으로 쓰면 너무 좋겠다!"

"책을 한번 써 보세요."

나라고 왜 그런 생각을 하지 않았을까?

하지만 재료만 준비해 두고 실천을 못 하거나 하다가 멈추기를 반복했다.

완벽하게 하려는 마음이 부담으로 나를 짓눌러 미완성된 글들이 하드디스크에서 잠자고 있다.

'혼자 하는 것은 힘들지만 같이하면 되지 않을까?'

나의 기획, 내가 쓰고 싶은 이야기를 잠시 접고 함께하기에 손을 뻗었다.

일주일에 한 편, 생각보다 어렵지 않게 글쓰기를 즐기고 있는 나를 발견했다.

그리고 이제 나의 이름이 들어간 책을 기다리고 있다.

"저 사람이 할 수 있는데 나는 왜 못 해?"

산을 오르다 숨이 턱까지 차오르며 그만 내려가고 싶었을 때

앞에서 걸어가던 사람을 본 순간 든 생각이다.

그 이후 힘든 일을 만날 때마다 그때를 떠올린다.

주변 사람들이 글을 쓰고 그것이 책으로 나올 때마다 마음에 파동이 일었다.

그래서 미완성으로 남아있는 나의 글들에 이제는 생명을 주려고 한다.

날개를 달아주려고 한다.

나의 이야기가 날아가 누군가에게 미소를 주고 희망을 주고 따스함을 줄 수 있도록.

완벽하게 사는 일이 불가능하듯이, 완벽하게 쓰는 일도 불가능하다.

· 소은성 〈마음을 썼다 내가 좋아졌다〉 ·

필사하기 ●●●

완벽 흠이 없는 구슬이라는 뜻으로, 결함이 없이 완전함을 이르는 말.

☺ **글쓰기 후, 어떤 성과를 낼 수 있을까요?**
(마음의 성장, 주변 상황의 변화, 인정 등)

5. 진은혜

지그시 바라 본 용기

'네가 뭘 해?'

무언가 해내고자 하는 마음을 잡으려 애썼다. 하지만 결과물에 집중하고, 그 결과에 만족한다는 건 불가능이었다. 내가 생각한 결과물들의 과정은 인정하지 않기 때문이다.

"어떤 결과가 나왔어?"

"네가 한 게 뭐야?"

내 속에 나는 이 세상 누구보다 차가운 잣대로 나를 평가한다. 한없이 작아지기만 하는 나는 어쩔 줄 몰라 하며 힘없이 처져 있을 수밖에 없었다.

'아직 난 살아 있잖아?'

어느 순간이었다. 그토록 무력해 보였던 내가, 숨을 쉬고 있다는 것을 인지하게 되었다. 내 세포 하나하나도 조물주의 뜻대로 만들어졌고, 내가 감당할 수 있는 상황 속에서 나름 열심히 살고 있었던 것이다.

1월 7일 아침 7시, 치매가 예방되는 낭독을 하고 생명을 불어넣는 글쓰기를 하고 있다. 비로소 그 잘난 결과물 말고 과정을 인정하고 존중하는 내가 되었다.

'반드시 결과를 내야만 하는 것이 아닌, 너의 삶 자체가 축복이란다.'

세상 누구보다 나를 냉정하게 바라보던 자아는 30대 중반이 되어 조금씩 나를 바라보는 용기를 냈다. 오늘의 용기를 지그시 바라봐 주는 내가 참 좋다. 그 덕분에 나를 위한 시간도 가져보았다.

후회가 아닌 오늘의 내 모습 그대로를 글로 전달하는 사람이 되고 있다. '진은혜'라는 사람의 존재는 빛이 난다.

'나를 드러내는 것'은 좋은 에세이를 쓰기 위한 첫 번째 자세라고 생각합니다. 기억하세요. 에세이는 '독자들에게 나를 궁금하게 하는 유혹의 글쓰기'이기도 합니다.

• 김은경 〈에세이를 써보고 싶으세요?〉 •

필사하기 •••

기억 이전의 인상이나 경험을 의식 속에 간직하거나 도로 생각해 냄.

☺ **오늘 나의 모습 중, 용기를 선택한 순간을 기억해 보고 기록으로 남겨 볼까요?**

6. 진수민

예쁜 손가락 예쁜 시간

"엄마."

"엄마."

"엄마."

세 삐약이들이 나를 찾는다. 나는 삼 남매 엄마다. 글 쓰려고 마음먹고 자리에 앉을 때마다 나를 찾는 소리에 엉덩이를 붙일수가 없다.

나를 위한 시간을 갖고 싶다. 나를 위해 살고 싶다. 온전히 나만 생각하는, 글 쓸 수 있는 공간이 필요하다. 보이지 않는 덫 안에서 몸부림치는 느낌이다. 살림, 육아, 일, 인간관계 등, 두 마리 토끼도 아니고, 네 마리가 넘는 토끼를 동시에 잡는 일은 불가능할까?

"엄마는 엄마만의 시간을 갖고 싶어. 나는 글 쓰는 시간이 너무 좋아. 엄마가 좋아하는 일을 하면 엄마는 더 많이 웃고 행복할 수 있는데. 어떻게 생각해?"

아이들은 고개를 끄덕이며 엄마의 시간과 마음을 존중해 주기로 약속했다. 물론 습관적으로 외쳐대는 '엄마' 소리는 계속 들어야 할 테지만 말이다.

'열심히 살았어. 그런데 뭐가 문제일까?'

내 마음의 결핍이 아이들과 지인들에게 내 시간과 열정을 쏟아붓게 했다. 나는 나에게 집중할 수 있는 용기를 가져야 했다. 그런 용기를 갖게 해준 건 내 아이들이었다. 십수 년 동안 일과 육아를 동시에 하며 아이들이 애정 결핍일까 두려웠다. 아이들은 나에게 각기 다른 아픈 손가락이었다. 이런 상황을 자세히 들여다 보기 위해 내 마음에 질문을 하자, 엄마로서 마음 편히 아이들과 시간을 보내고 싶었던 거였다. 온전히 사랑을 받고 싶었던 거였다. 결핍의 주체는 바로 나였다. 자책감을 떨쳐야 했다. 스스로 충만해지기 위해 노력해야 했다.

나를 마주 보니, 이제 알겠다. 가족이라는 울타리는 나를 굴복시키고 발목을 잡는 곳이 아니다. 오히려 성장을 촉진시킨다. 나는 되뇐다. '수고했어. 잘해왔고, 앞으로도 잘할 거야.'

나를 안아준다.

나는 충분히 존중받을 수 있는 사람이다.

나는 훌륭하다.

어느 순간 내 옆에서 작가가 꿈인 딸이 글을 쓰고 있다. 더는 아픈 손가락이 아니다. 누구보다 예쁘고 귀한 존재다.

책을 쓴다는 것은 형식이라는 규칙에 굴복함으로써 오히려 자유를 경험하게 해주는 소중한 기회이다.

· 나탈리 골드버그 〈버리는 글쓰기〉 ·

필사하기 ●●●

굴복 힘이 모자라서 복종함.

☺ **지금 내가 노력하고 있는 부분은 무엇인지 글로 써 볼까요?**

7. 경수경

일단은 쓰고 보는 것이다

한글 문서 위의 커서가 깜박이고 있다. 글을 쓰는 전문 작가들도 첫 문장 쓰기가 어렵다고 한다. 하물며 나는 오죽하랴? 첫 문장 쓰는 두려움을 이렇게 이겨내 본다.

'그냥 아무 글이라도 일단은 쓰자!'

그럼 한글 문서에서 커서를 보는 생각의 전환이 필요하겠다. 마치 커서가 춤을 춘다고 생각해 보는 거다. 그리고 어떤 말이라도 떠오르면 아무 말 대잔치 하듯 글을 쓰는 거다. 의식의 흐름대로 일단은 쓰고 보는 것이다.

왜 글을 쓰려고 하는 걸까?

글 쓰는 행위는 치유의 목적이 있다고 한다. 내 글이 내 삶을 말해줄 때 나라는 존재는 더욱 빛이 난다. 삶의 흔적들을 읽으며 스스로를 격려하고 위로하게 되는 경험을 한다. 기쁨의 시간, 고통의 시간 모두 의미 있는 삶이었다고 말해주는 것 같다.

후회만 가득한 과거와 불안하기만 한 미래 때문에

지금을 망치지 마세요.

오늘을 살아가세요, 눈이 부시게.

당신은 그럴 자격이 있습니다.

드라마 〈눈이 부시게〉 명대사다. 지금을 망치지 않고 잘 살아갈 수 있는, 그것도 눈이 부시게 살아갈 수 있는 좋은 방법은 내 삶을 글로 써 보는 것이다. 일단은 열심히 살고 볼 내 인생처럼, 글 또한 일단은 쓰고 보자!

내가 자기중심적인 세계에서 벗어나 타인의 세계로 인식을 넓힐 수 있었던 계기는 자기 삶을 구체적으로 드러낸 누군가의 글 덕분이었다.

· 홍승은 〈당신이 글을 쓰면 좋겠습니다〉 ·

필사하기 ●●●

덕분 베풀어 준 은혜나 도움.

☺ **글이 당신의 삶에 무엇이라고 말하고 있나요?**

8. 윤선희

최고의 도전

'난 도대체 뭐지?'

마음의 아픔으로 나를 잊고 지낸 15년. 책을 좋아했던 젊은 시절의 '나'는 희미해져 있었다.

'아! 난 그동안 허송세월을 보냈구나…….'

동굴로 다시 숨어버리고만 싶었다.

"뭐라도 일단 시작해 보자!"

지푸라기라도 잡는 심정으로 필사 모임에 참여했다. 7월에 시작한 필사는 반년을 넘어 지금까지 이어지고 있고, 오랜만에 나에게 성취감을 심어 주었다. 두서없이 써나가던 생각과 이야기들이 날 돌아 볼 수 있는 시간이 되었고, 지금 이렇게 두 번째 공저에 도전 중이다.

"어제와 똑같이 살면서,
다른 미래를 상상하는 건 정신병 초기증세다."
아인슈타인(Albert Einstein)

누군가 나를 이 수렁에서 구해 줬으면 좋겠다는 생각을 하며 지냈던 나에게 큰 울림을 주었던 명언이다. 내 인생의 '누군가'는 바로 '내'가 되어야 한다는 깨달음이었다. 이후에도 어떻게 살아야 할지 막연했던 나에게 글쓰기는 과거를 돌아 볼 수 있고, 현재의 내가 어떤지, 내가 어떻게 바뀌어야 할지 생각을 잡아주는 좋은 도구였다.

'나'를 세우고 미래를 계획할 수 있는 힘을 준 글쓰기,

나의 평생 친구!

앞으로도 잘 부탁해!

2022년 나의 최고의 도전은 글쓰기이다.

2023년 최고의 도전도 글쓰기가 될 것이다.

우리가 쓰는 모든 글은 '오늘 하루'라는 드라마의 대사이자, '나'라는 작품의 설명서이며, '내 마음'이 읊어내는 노랫말이에요.

• 박솔미 〈글, 우리도 잘 쓸 수 있습니다〉 •

필사하기 •••

읊다

❶ 억양을 넣어서 소리를 내어 시를 읽거나 외다.
❷ 시를 짓다.

☺ **오늘 하루, 최고의 도전은 무엇이었나요?**
당신만의 개성으로 읊어주세요.

9. 최덕분

덕분에 지금의 내가 있다

'나도 빨리 출간하고 싶다고!'

3년 전, 초고를 쓰고 난 후 그대로 멈추어 버렸다. 내 안에 두려움과 불안감이 엄습하여 도저히 용기가 서지 않았다.

"당신 책 나온다고 한 지가 3년이나 지났는데 언제 나와?"

남편의 말을 들을 때마다 바닷속 깊은 곳에 꽁꽁 숨어 버리고 싶었다.

'그래. 올해는 무조건 책을 출간하여 당당히 보여 줄 거야!'

나에게 다시 시작의 말로 따뜻한 용기를 주었다.

'글도 못 쓰는데 어떻게 책을 낼 수 있을까?'라는 생각이 들 때마다 글쓰기 환경을 만들었다.

매일 5줄 이상의 분량의 원고를 쓰며 글쓰기 습관을 만들어 갔다. 그리고 나는 부담 없이 공저 책을 도전하여 2권을 출간한 작가가 되었다.

'서툴면 서툰 대로, 부족하면 부족 한대로, 있는 모습 그대로 괜찮아.'

주저앉고 싶을 때, 도망치며 포기하고 싶을 때마다 나에게 용기를 주었던 말이다.

수많은 갈등과 아픔을 겪은 덕분에 지금의 내가 있다.

그래서 난, 도전하여 변화된 내 인생을 최대한 글로 남기려 한다.

지금까지 잘 버티어 왔고, 지금 이 순간에도 글을 쓰는 나에게 파이팅!

그냥 씁시다. 시켜서 쓰는 게 아니라 아무도 기다리지 않는 글은 아무도 시키지 않았지만 기다리지 않고 그저 시작 하는 게 어른의 글쓰기입니다.

· 이은경 〈오후의 글쓰기〉 ·

필사하기 ●●●

글쓰기 생각이나 사실 따위를 글로 써서 표현하는 일.

☺ **글쓰기로 낼 수 있는 성과는 무엇일까요?**

10. 백미정

그래, 여기까지 잘 왔다

'그만둬야 할까?'

3년간 20권의 원고를 썼다.

6천 번 투고와 200번 거절 답장을 받았다.

이 숫자들이 날 멈추게 한 건 아니었다.

"백 선생님, 이러시면 안 됩니다."

"무명작가의 에세이, 누가 읽어 주겠어요?"

출판사 사람들의 말이 내 글쓰기 행위를 멈칫하게 했다.

몸이 땅속에 반쯤 묻혀버리는 것 같았다.

'두고 봐! 내 이름을 수신 차단한 것을 후회하게 만들어 줄 테니.'

오기가 발화하는 시점을 만났고,

한 달에 두 권 분량의 원고를 써 나갔다.

그리고 나는, 10권의 책을 출간한 작가가 되었다.

"그래, 여기까지 잘 왔다."

삶의 반대편을 간간이 떠올리게 될 때마다 나를 붙잡아 주었던 말이다.

글로 다 쓰지 못할 희로애락 인생 덕분에 지금의 내가 있다.

그래서 난,

글로 다 쓰지 못할 내 인생을 최대한 글로 남기려 한다.

여기까지 잘 살아왔고,

여기까지 글을 써 온 나에게 건배!

암호처럼 복잡한 세상을 명쾌한 언어로 가려내고 싶고, 아무도 듣지 않는 한 사람의 이야기들을 받아 적으며 생의 비밀을 풀고 싶다.

• 은유 〈쓰기의 말들〉 •

필사하기

언어 생각, 느낌 따위를 나타내거나 전달하는 데에 쓰는 음성, 문자 따위의 수단. 또는 그 음성이나 문자 따위의 사회 관습적인 체계.

☺ **'글쓰기' 하면 제일 먼저 드는 생각은 무엇인가요?**

---

11. 김경아

가끔은 미쳐보는 것도 좋다

'망설이는 거니?'

'안 하는 거니?'

'못 하는 거니?'

노트와 펜을 들고 고민에 고민을 더하는 날들이 쌓여갔다.

끄적거리기라도 했다면 이렇게 아쉽지만은 않았을 것을.

"글 한번 써 보세요."

"아이들과 함께하면 쓸 거리가 제법 있지 않나요?"

지인의 말에 그냥 미소만 지을 뿐이었다.

나에게 주어진 소중한 일상을 기록할 기회가 왔다.

'기회는 잡아야 해. 그 기회가 내 삶에 전환점이 될 수도 있잖아?'

한 줄 한 줄 글을 써 내려갔다. 하지만 무언가 이상하다는 나의 생각이 모든 것을 지배했다. 안간힘을 썼다. 쓰고 또 쓰며 지워가기도 하고 다듬어 가기도 하며 무조건 썼다.

드디어 나는, 공저로 나의 첫 번째 책 출간을 앞둔 작가가 되었다.

"살면서 미쳤다는 소리를 들어보지 못했다면 너는 한 번도 도전한 적이 없었던 거야."라는 말이 가끔 나에게 자극이 되기도 한다. 그래, 글쓰기에 미쳐 보자.

"포기하지 마. 저 모퉁이를 돌면 희망이라는 녀석이 보일 거야."라는 말 또한 힘이 된다. 오늘도 펜을 들고 평범한 삶의 이야기를 써 내려가 본다.

가끔은 미쳐 보는 것도 좋다.

· 작가의 일은 최선을 다해 우리가 아는 걸 다른 사람과 나누는 것이다.

· 메리 파이퍼 〈나의 글로 세상을 1밀리미터라도 바꿀 수 있다면〉 ·

필사하기

최선

가장 좋고 훌륭함. 온 정성과 힘. 여럿 가운데 가장 앞섬.

☺ **최선을 다하고 난 후 내 몸에서 일어나는 반응(변화)을 느껴본 적이 있나요?**

story 02.

배움 : 여섯 살의 엄마에게

엄

연한

마

음을 가진 존재

몰랐다.

내 엄마에게도 마음이 있다는 것을.

몰랐다.

내 엄마에게도 시절이 있었다는 것을.

1. 위혜정

이미 완전한 너

기순아,

넌 참 귀하디귀한 아이란다.

앙다문 입술 끝을 타고

부모의 가슴을 아린 힘없이 쳐진 다리,

꾹꾹 눌러 힘을 더해 주고 싶구나.

평생 앉은뱅이가 되지 않을까 노심초사하며

너를 들추어 업고 이 병원 저 병원을 다녔던

아빠의 등 위에서

너의 마음은 어떤 색이었을까?

60세까지만 살아도 기적이라던

주변의 소리를 걷어내고

어린 마음속에 담았던 꿈은 무엇이었니?

기순아,

천진난만한 여섯 살 꼬마의 눈망울에는

앞으로의 삶에 대한 고단함이 아닌,
지금의 삶 속에서 뭔가를 만들고 있는
꼼지락대는 고사리손의 기쁨이 맺혀 있구나.

하루 종일 앉아있는 너의 발이 되어
여기저기 누비며 넓은 세상을 보여주고 싶어.
너를 업고 발길이 닿는 데로 어디든.
말장난 치며
네 속의 꿈을 자유롭게 펼쳐내어
갇혀있지 않을 너의 미래에
손을 쭉 뻗어볼 수 있도록 말이야.

넌, 촛불 같은 인생으로
주변을 밝게 비추는 멋진 인생을 살아갈 거야.
널 만나는 사람마다
너로 인해 더 나은 사람이 되고,

네 존재에 깊은 감사를 품는 이들로 넘쳐난단다.

“어? 60세가 훌쩍 넘었다니, 내가?”
두 발로 보란 듯이 우뚝 서서 걷는
기적 같은 인생도 기다리고 있단다.
불완전해 보이던 결핍의 빈틈이 충만하게 채워져서
더 담을 수 없이 가득 찬 너의 인생.
그리고
이미 완전한 너를 넘치도록 축복한다.

불완전하고 부족한 사람끼리 만나 서로 위로하고 채워주는 것이 우리의 삶이다. 엄마가 다 해주는 거 아니고 다 해줄 수도 없다. 그러니 믿으면 된다. 아이를 위해서, 엄마 자신을 위해서.

· 윤우상 〈엄마심리수업 2〉 ·

필사하기 ●●●

부족 필요한 양이나 기준에 미치지 못해 충분하지 아니함.

☺ 엄마라는 존재, 여러분에겐 완전한가요? 이유는요?

2. 김보영

결국 나 자신이니까

나에겐 엄마가 두 명 있다.

지금의 엄마와 이름 외에 기억나는 것이 없는 또 한 명의 엄마.

몸이 떨려오고 아파왔지만, 용기를 내 본다.

어릴 적 나를 두고 갈 수밖에 없었던

그분에 대해 써보기로 한다.

성순아,

너도 어릴 때 피부가 유난히 희었을까?

"넌 뭘 먹고 그렇게 피부가 뽀얀 거니?"

지나가던 사람들이 발을 멈추고 물어보았을까?

나와 닮은 점이 무엇인지 모르겠지만 분명 넌 돋보이는 아이였을 거야.

주변을 환히 밝혀주는 존재.

내가 결혼한 후 잠시 연락이 닿았던 이모에게 들었었지.

넌 공부를 하고 싶어 했다고.

그때 하고 싶은 공부는 뭐였을까.

나도 배우는 걸 좋아하는데.

맘껏 꿈을 꾸지 못해서였을까.

너는 끝내 행복하지 않았나 봐.

결국 스스로 생을 마감할 수밖에 없었나 봐.

내가 오늘 너를 만난다면 캠핑을 갈래.

타오르는 불꽃을 보면서 너의 얘기를 들어줄 거야.

너를 챙긴답시고 분주하게 왔다 갔다 하는 엄마가 되지 않을게.

옆에 앉아 너의 작은 떨림까지도 오롯이 함께할게.

나는 이제야 조금씩 나를 사랑하게 되었어.

너도 있는 그대로의 자신을 사랑했으면 좋겠어.

누가 뭐래도 스스로 빛을 내는 소중한 존재니까.

나를 돌보고 치유할 수 있는 존재는 결국 나 자신이니까.

치유라는 것은 내가 어떤 신체적, 정서적 고통을 받았는지 그리고 어떠한 장기적인 영향으로 괴로워하고 있는지를 알아내고, 그 진실을 똑바로 바라보고, 마지막으로 그것을 받아들이는 과정 속에서 일어난다.

• 비벌리 엔젤 〈책으로 여는 세상〉 •

필사하기 ●●●

치유 치료하여 병을 낫게 함.

☺ **엄마의 '치유'를 돕기 위해 당신은 어떤 말을 해 드리고 싶은가요?**

3. 진은혜

나는 늘 축복할 거야

순봉아! 넌 참 기특한 아이!

강아지를 쓰다듬어 주면서 사랑을 표현하는 너의 마음이 참 귀하다.

반짝반짝 빛나는 네 눈 속에는 뭐든 할 수 있다는 자신감으로 가득해 보이네.

꼬물꼬물한 손으로 동생들도 잘 돌봐주는구나. 그 모습이 짠하기도 하고 대견하기도 해. 돌 사이에서도 눈에 띄는 예쁜 꽃들처럼 어디에 있어도 너의 존재감은 빛이 나고 사랑스럽구나.

순봉아!

너는 어떨 때 행복해?

니가 제일 먹고 싶은 게 뭐야?

엉엉 울고 있을 때 어떻게 위로받고 싶니?

마음이 편해지는 곳이 있었니?

누가 제일 좋아?

오늘은 너와 단둘이 손을 꼭 잡고 해변을 걸어 보았지. 고운 모래가 발가락 사이를 간지럽히는데 기분이 너무 좋았단다. 반짝이는 바다를 함께 보았던 그 순간을 오랫동안 기억하고 싶구나. 해맑은 너의 미소 덕분에 나도 덩달아 행복 부자가 된 것 같아. 이 손 꼭 놓지 않을게.

순봉아!

넌 사랑이 넘쳐서 엄마처럼 맛있는 음식을 만들고 나눌 줄 알고 칭찬과 사랑을 받는 사람이 될 거야. 눈에 보이지 않아도 엄마의 사랑을 알아챌 수 있는 놀라운 능력도 있단다. 어떤 어려운 상황을 만나게 될지라도 씩씩하게 지낼 거야.

너의 존재는 기적이야.

너의 눈, 코, 입, 두근거리는 심장, 꼼지락거리는 손과 발 모든 것이 말이야.

존귀한 순봉아!

너의 가는 길을 나는 늘 축복할 거야.

널 이 세상에 보내준 신께 감사드린단다.

넌 혼자가 아니야.

엄마는 아이를 위해서라도 행복해야 한다. 행복하기 위해서는 절대 자신을 잃으면 안 된다.

· 김소원 〈엄마도 가끔은 엄마가 필요해〉 ·

필사하기 ●●●

절대

❶ 아무런 조건이나 제약이 붙지 아니함.
❷ 비교되거나 맞설만한 것이 없음.
(부사) 1. 어떠한 경우에도 반드시

☺ **나의 엄마에게 사랑한다고 말했을 때 어떤 답을 듣고 싶나요?**

4. 백미정

네 몸의 따스한 온기로

옥분아,

넌 참 예쁜 아이.

'사슴 같은 눈'이라는 표현, 지금 써야 할 것 같아.

꼼지락대는 너의 열 손가락을 가만히 쳐다보게 되는구나.

책을 좋아하는 걸 보니, '나처럼 글 쓰는 작가가 되려나?'라는 생각을 하게 돼.

옥분이의 꿈은 무엇인지 물어보고 싶어. 혼자 흥얼흥얼 노래 부르는 너의 모습에서 사계절의 기적이 느껴지기도 해.

옥분아,

너는 어떨 때 행복해?

갖고 싶은 건 뭐야?

사람들에게 듣고 싶은 말은?

엉엉 울고 싶을 땐 언제였어?

무슨 색을 좋아하니?

맛있게 먹어 본 음식은?

가고 싶은 곳은 어디야?

오늘은 너를 등에 업고 동네 한 바퀴를 돌아보려 해.

너의 눈이 닿는 곳마다 사랑의 흔적이 남게 될 거야.

그때도 흥얼거리는 너의 노랫소리를 듣게 되겠지?

네 몸의 따스한 온기로 나는 설렐 것 같아.

옥분아,

넌 너의 세상 속에서 만나게 되는 모든 사람에게서 인정받고 칭찬받게 될 거란다.

네가 내 나이쯤 되었을 때

"아, 참 잘 살아왔다." 고백할 수 있는 멋진 어른으로 성장할 거고.

너라는 존재가 가지고 있는

머리카락 한 올, 눈물 한 방울, 꺄르르 웃음, 쿵쾅거리는 발소리,

잠잘 때 나는 콧소리, 과자 사 달라고 떼쓰는 모습, 감사하다 말하는 순간

그 모든 시간을 축복할 거야.

넌 이미 최고야.

여자가 엄마가 된다는 건 단지 역할 하나를 더 부여받는 일이 아니다.
존재의 본질 자체가 변하는 일이다.

· 한귀은 〈하루 10분 엄마의 인문학 습관〉 ·

필사하기

존재 현실에 실재하다.

☺ **'엄마'를 응원해 주는 말을 써 볼까요?**

5. 최덕분

옥순이를 축복하며

옥순아,

너 참 귀엽고 순수한 아이. '따뜻한 사랑이 담긴 가슴'이라는 말로 표현해 본다.

누군가의 말을 경청하는 쫑긋한 귓불을 어루만져 주고 싶구나.

사람들에게 나누는 걸 좋아하는 너의 모습을 보면서 '나처럼 사람들을 돕는 고마워 디자이너가 되려나?'라는 생각을 하게 돼. 옥순이의 꿈이 무엇인지 물어보고 싶어.

두 손을 위아래로, 고개를 좌우로 흔들며 춤추는 너의 모습에서 순수한 자연의 마음이 느껴져.

옥순아,

너는 어떨 때 가장 행복하니?

가장 하고 싶었던 것은 무엇이었어?

가장 가보고 싶은 곳은 어디였어?

갖고 싶은 것은 뭐야?

가장 맛있게 먹고 싶은 음식은?

가장 좋아하는 사람은 누구일까?

사랑하는 옥순아.

오늘은 너의 손을 잡고 비행기를 타고 제주도 여행을 갔지. 너의 발길이 머무는 곳마다 아름다운 추억의 발자국이 남게 되었어. 출렁이는 파도 소리를 들으며 바다를 바라보는 너의 황홀한 눈빛에 내 마음이 따뜻해진다. 맑은 하늘과 푸른 바다가 만나 한 폭의 그림을 만들어 주었어. 싱싱한 회를 마음껏 먹는 너의 모습을 보니 너무나도 뿌듯하고 행복해진다.

사랑하는 옥순아!

검은 머리가 파뿌리 되기까지 살아 있는 남편과 함께 따뜻한 사랑을 받으며 행복하게 잘 살 수 있을 거야. 네가 내 나이쯤 되면 "아, 나는 사랑받는 사람이었구나." 고백할 수 있는 귀엽고 예쁜 할머니의 모습이 될 거야.

아무런 걱정 없이 하하 호호 너의 웃는 모습. 머리부터 발끝까지 완전한 모습으로 건강하게 잘 자라준 너의 모습. 웃어른을 공경하며 밝게 인사하는 모습. 하나라도 더 나누어 주려는 너의 순수한 마음. 모든 것들을 축복하고 축복하련다.

너는 이 세상에서 가장 소중한 사람. 고마워.

아이는 단순하다. 배부르고 맘 편해야 의욕도 세운다. 사랑이 먼저다. 관계가 먼저다.

• 이연진 〈내향 육아〉 •

필사하기 ●●●

관계
둘 이상의 사람, 사물, 현상 따위가 서로 관련을 맺거나 관련이 있음. 또는 그런 관련.

☺ **'엄마와 나의 관계'를 한 문장으로 표현해 볼까요?**

6. 윤선희

그 어깨를 살포시 안아줄 거야

분돌아.

참 바지런한 아이.

조그만 그 손으로 집안의 여기저기 안 닿는 곳이 없구나.

엄마를 대신하는 그 뒷모습이 힘들어 보여 안타깝기도 해.

어쩌다 시간이 날 때면 동네 큰 나무 아래 동무들과 신나게 어울리는 너!

너는 커서 무엇이 되고 싶을까?

엄마가 부르는 소리에 실망한 얼굴로 집으로 달려가는 너!

얼마나 놀고 싶었을까?

분돌아.

넌 지금 뭐가 가장 하고 싶을까?

갖고 싶은 건 뭐야?

무슨 색을 좋아하니?

뭘 할 때 가장 행복해?

가장 가보고 싶은 곳은 어디야?

오늘은 너와 손을 잡고 계곡에 놀러 왔지.
집안일, 밭일, 동생을 돌봐야 하는 장녀 분돌이가 아닌,
그저 신나게 놀고 싶은 천진난만한 너!
계곡에서 신나게 놀며 꺄르륵 웃는 너의 얼굴이 정말 예뻐 보이는구나.
그 웃음이 영원하도록 지켜주고 싶어.

분돌아,
넌 손재주가 좋아 예쁜 글씨체를 갖게 될 거야.
멋진 캘리그라피 작가가 되어,
너의 글씨를 좋아하는 팬들과 함께하며 멋진 인생을 살게 될 거야.

똘망똘망 예쁜 눈, 앙다문 야무진 입술, 자그마한 어깨.
엄마와 동생을 생각하는 예쁜 마음, 엄마 같은 존재인 너!
잘하고 있다고 그 어깨를 살포시 안아줄 거야.

지금의 모습 그대로 이미 충분하다고 토닥여 줄게.

잘하고 있고, 잘 해낼 거야.

항상 널 응원해!

아이든 어른이든 모르면 배워야 합니다. 아이의 마음을 도통 모르겠다며 걱정만 하지 말고, 아이의 마음을 이해하려 해보세요.

· 오은영 〈내 아이가 힘겨운 부모들에게〉 ·

필사하기

이해하다

❶ 깨달아 알다. 또는 잘 알아서 받아들이다.
❷ 남의 사정을 잘 헤아려 너그러이 받아들이다.
❸ 사리를 분별하여 해석하다.

☺ **내 아이를(혹은 타인을) 이해하기 위해 어떤 노력을 해보셨나요?**

7. 김경아

너만의 세상에서

귀님아!

푸른 들판을 여기저기 뛰어다니는 너의 모습을 바라보고 있단다.

호기심 가득한 초롱초롱한 눈망울과 튼튼한 두 다리가 멋지구나.

귀님이의 꿈은 무엇인지 물어보고 싶어.

공부 많이 해서, 책 많이 읽어서 훌륭한 사람이 되겠다는 꿈보다 건강한 아이로 자라주는 것만으로도 고마울 듯해. 존재 자체만으로도 귀한 귀님이는 주변 사람들에게 선한 영향력을 전해 주는 긍정의 아이콘을 가진 아이로 자라갈 거야.

귀님아!

너는 언제 기분이 가장 좋아?

여행지 중에서 가장 좋았던 곳은 어디야?

가장 좋아하는 음식은 뭐야?

언니보다 동생이어서 더 좋았던 때는 언제야?

만약 네가 아들로 태어났다면 하고 싶은 일은 무엇일까?

듣고 싶은 말은 무엇일까?

두근두근 마음이 설렐 때는 언제야?

너에 대해 많은 걸 알고 싶어.

오늘은 여섯 살인 너와 손을 잡고 들로 산으로 산책을 가고 싶어. 네가 거닐던 그 들길에서 나는 무엇을 느낄 수 있는지 알고 싶기도 해. 너의 놀이터와 같은 공간도 보고 싶어. 여기저기 자랑하며 하나씩 꼼꼼히 설명해 줄 너의 모습이 벌써 상상이 된다. 함께 걸어가는 것을 상상만 해도 설렘 가득이란다.

귀님아!

하고 싶은 거 많고 갖고 싶은 거 많은 아이인데 마음만큼 채우지 못했지? 하지만 진솔한 너의 모습으로 주변 사람들에게 행복을 전해주고 있는 걸 보니, 어두운 세상 가운데 빛과 같은 존재가 될 거라는 믿음이 생겨.

어른이 되어 "내, 인생 참 괜찮았어." 어깨에 힘주고 이야기할 날을 기다리고 있을게.

예쁜 마음 귀님이,

흥얼흥얼 재미있는 이야기로 기쁨을 전해 주는 오물쪼물 작은 입 귀님이,

부지런히 여기저기 뛰어다니며 호기심을 채우는 우리 귀님이,

재주 많은 열 손가락을 가진 귀님이,

“또, 딸이야?” 가끔 듣고 있는 속상한 말을 마음에 담아 두지 않는 귀님이,

너만의 색깔로 너만의 세상을 만들어 갈 귀님이를 언제나 축복한다.

만약 아이들에게 부모를 선택할 기회가 있었다면, 과연 우리를 부모로 선택했을까요?

· 임영주 〈부모와 아이 중 한 사람은 어른이어야 한다〉 ·

필사하기

선택

❶ 여럿 가운데서 필요한 것을 골라 뽑음.
❷ 문제를 해결하기 위한 몇 가지 수단을 의식하고, 그 가운데서 어느 것을 골라내는 작용.

☺ **당신의 엄마를 색깔로 표현하면 어떤 색일까요? 이유는요?**

8. 진수민

개구쟁이 공주는 찬란한 우주

이순아. 천진난만하게 깔깔거리며 웃는 네 모습, 참 밝고 명랑하다. 마치 꽃망울이 활짝 펼쳐질 때처럼 너의 큰 입이 웃음을 터트릴 땐 온 사방이 환히 밝아지는 것 같구나.

오늘도 교실 뒤 게시판에 이순이의 그림이 크게 걸렸다지? 하얗고 기다란 네 손은 무엇이든 잘 그리고 만드는 마법 손이 아닐까? 어제도 동네 할머니들을 우스꽝스럽게 그리고 달아났다고 들었는데 개구 진 여섯 살 꼬마 아가씨의 예술혼을 너무 얕잡아 본 게 아닐까. 어쩌면 피카소 뺨치는 작품이었을지도 모를 텐데 말이야.

이순아, 여섯 살인 지금의 너를 가장 힘들게 하는 일은 무엇일까?
가장 좋아하는 놀이는 뭐야?
좋아하는 음식은?
많이 하는 생각은?
좋아하는 친구는 누구야?
어떤 칭찬을 들으면 기분이 좋아?

어떤 말이 가장 듣기 싫어?

지금 네가 가장 듣고 싶은 말은 뭐야?

씩씩한 너의 손을 꽉 잡고 오늘은 읍내로 나가 볼까 해. 네가 좋아하는 통닭집에 들러볼까? 집에선 동생들과 나눠 먹어야 하지만 오늘 하루는 네가 먹고 싶은 것 실컷 먹고, 사고 싶은 것 다 사고, 보고 싶은 것 실컷 보자. 뭘 해야 할지 잘 모르겠다고? 일단 나가보면 알게 될 거야. 뭐든 좋아. 무엇을 열심히 찾을 필요는 없어. 맘 편히 이 시간을 즐겨보자, 개구쟁이 공주야.

이순아, 너는 내면의 강인함과 예술적인 센스를 가진 아름다운 어른으로 성장할 거야. 모델같이 날씬하고 예뻐서 뭇 남성들의 마음을 설레게 하겠지. 너와 함께하는 사람들에게 웃음과 희망을 줄 거야. 사람에게 배신을 당할 때도 있고 상처받을 때도 있을 거야. 하지만 명심해. 네 삶의 주인공은 너야. 다른 사람보다 자기 자신을 가장 사랑하고 잘 돌보아야 한다는 걸. 아마 개구쟁이 여섯 살 우리 이순이는 지금도 잘 알고 있을 거야. 사랑받을 수밖에 없는 어여쁜 아이야.

세상에 단 한 명뿐인 소중하고 귀한 존재, 이순아. 넌 참 예뻐. 넌 참 대단해. 네 모습 그대로를 사랑해. 지금까지 그리고 앞으로의 네 모습, 네 인생은 반짝반짝 빛날 거야. 그런 너를 아는 주변의 사람들까지도.

너는 특별한 사람이고 네 굳건함은 놀라울 정도로 세상을 움직일 거야. 찬란한 우주, 너를 사랑해.

진정한 훈육이란 따뜻하게 마음을 보살피며, 단단하게 가르치며 아이가 진심으로 깨달을 수 있도록 도와주는 것이다.

· 이임숙 〈따뜻하고 단단한 훈육〉 ·

필사하기 ●●●

훈육 품성이나 도덕 따위를 가르쳐 기름.

☺ **당신이 가장 중요하게 생각하는 품성은 무엇인가요?**

story 03.

이룸 : 나폴레온 힐에게 배우다

배
가 떠난 시간을 바라보며

우
는 건지 웃는 건지 모를 입술의 움직임으로

다
채로운 감정을 익히다

아쉽고 설레고 불안하고 뿌듯함을 품어주는 것을
우리는 '배움'이라 부른다.

1. 위혜정

소소한 하루는

“어떻게 애 키우고 일하면서 책까지 써?”

첫 책이 출간된 후, 천지개벽 같은 대변혁은 없었다.

단, 인생의 버팀목이 되어 줄 자존감과 가능성이라는 주춧돌이 놓였다.

작가라는 부케는 생을 꿈틀거리게 하는 설렘이다.

말에 유창함이 없어서 그나마 더 편한 글을 썼다.

한때 지하로 떨어졌던 자존감이 땅 위에 발을 디딜 무렵 책이 출간되었다.

이제, 자존감이라는 녀석이 지상으로 한 층씩 올라가고 있다.

글이 날개를 다는 날도,

브레이크에 걸리는 날도 있다.

출렁대는 사이클에 아랑곳하지 않고 그저 책상 앞에 머문다.

글 쓰는 근력이 붙기 시작했다.

글을 쓰면서 감정이 정돈되고 삶에 또렷한 윤곽선이 생겼다.

성장과 변화를 꿈꾸며 ‘매일’ 글과 함께 걸었다.

한 해를 정리하는 마지막 수업.

"선생님, 저도 작은 노력 하나하나 실천해서 선생님처럼 멋진 어른이 되고 싶어요!"

교사라는 딱지를 떼고 한 명의 어른으로 인생의 메시지가 전달되었다.

나의 책으로 함께 필사하며 삶을 나눈 자취들이 학생들에게 그리고 선생님들에게 퍼져간다.

성공은 거창한 것이 아니다.
많은 것을 종잇장처럼 얇게 펼쳐 보이는 것이 아니라,
좋아하는 딱 한 가지를 발견하고 깊게 몰입하는 것이다.
사소한 듯 집중된 하루가 모여 단단한 삶의 결정체가 만들어진다.
시간과 함께 쌓인 실력의 특수를 누리는 순간도 온다.
그 힘을 주변에 건네는 희열 또한 선물처럼 기다리고 있다.

나는 이런 명언을 남기고 싶다.
'소소한 하루가 내일의 지경을 넓힌다.'

다른 사람의 생각이나 행동, 말에 신경쓰지 말고 비난받을 두려움을 잠재워라.

· 나폴레온 힐 ·

필사하기 ●●●

신경쓰다 사소한 데까지 세심하게 살피다.

☺ **성공한 삶을 위해 지금 내가 변화해야 할(지켜나가야 할) 소소한 삶의 영역은 무엇인가요? 이유는요?**

2. 김보영

탁월한 우리

앉으나 서나 책 생각이다.

뒹굴뒹굴, 책을 읽는다.

이제는 남의 책 읽기에서 내 책 만들기에 돌입했다.

나도 누군가에게 읽히고 싶다.

나에게 글쓰기란, 미니멀리스트로 살아가기 위한 집 청소다.

영혼의 집을 청소하는 것이다.

비움의 공간에 타인을 초대해 보려 한다.

부담 없이 쉬어가세요.

차 한잔하러 놀러 와요.

"배울 땐 좋지, 그런데 끝도 없이 배워야 하잖아."

무심코 한마디씩 하는 사람들.

'근데 그걸로 돈은 언제쯤 벌 수 있어?' 하고 뒷말은 삼킬 게다.

이젠 익숙하다. 동요하지 않는다. 행복을 선택할 뿐.

좋아하는 일 하면서 돈도 한 번 벌어보자.

가족들에게 자랑스러운 아내와 엄마가 되어보자.
내가 성공하리란 걸 기대도 안하겠지?
딱, 기다려!

나에게 있어 성공이란,
좋아하는 일을 원 없이 하면서 그걸 직업으로 삼는 것이다.
그리고
나를 깊이 알아가며 타인과 진정한 소통을 나누는 것이다.

'완벽함이 아니라 탁월함을 위해 애써라.'
H.잭슨 브라운 주니어의 말이다.
누구나 내면에 탁월함을 가지고 있다.
그러니 당신의 탁월함을 믿었으면 한다.
나 역시 그러할 것이니.

자신의 감정을 신념 및 아이디어와 결합해야 한다.

이는 삶에서 조화를 이룰 수 있는 유일한 방법일 것이다.

· 나폴레온 힐 ·

필사하기 ●●●

결합 둘 이상의 사물이나 사람이 서로 관계를 맺어 하나가 됨.

☺ **당신은 어떤 영역에서 탁월함을 보이나요?**

3. 진은혜

이제야 눈치챘다

"엄마…. 사랑해!"

아홉 살 아들의 한마디는 무기력에 빠져있던 내 온몸을 관통했다. 내 속에 있던 애정 결핍이 해소되는 기분이 들었다. 누군가가 나를 사랑해 줄 수 있구나. 혼란스럽지만 싫지 않은 기분이었다.

"어떻게 시부모님이랑 같이 살아? 대단하다."

처음 마주치는 모든 사람의 입에서 나오는 가벼운 말들이 나를 참 아프게 한다. 그리고 같이 살아야 할 것 같다는 얘기가 나왔을 때도 나보다 친정 엄마와 주변 사람들을 안심시키기 바빴다. 특히 엄마에게 더 많이 애를 썼던 것 같다.

9년 동안 시집살이를 해 온 나는 아내, 엄마, 며느리 중 그 어떤 타이틀도 나를 정의 할 수 없었다. 아내로 정체성을 가지려 할 때는 결혼 직후 가장의 무게에 눌려버린 신랑을 바라만 볼 수밖에 없는 상황에 놓였다. 그리고 그를 만족시킬 수 있는 건 없다는 걸 알았다.

제대로 된 며느리가 되기엔 부모님께 많은 것을 의지한 채 살아 온 나였다. 삶의 베테랑이신 시부모님이 계셨으며, 좋은 엄마가 되고 싶지만 아이를 양육해 줄 사람이 집에 너무 많아 내 손길이 닿기란 쉽지 않았다.

그리고 나는 결혼 이후의 삶을 전혀 생각해 보지 않고 그저 '결혼'만 생각했었음을 결혼 생활을 5년 정도 하고 나서야 알게 되었다. 인생 쓰나미는 나의 상황을 봐주지 않은 채 밀려오고 또 밀려왔다. 내가 알게 된 현실은 나를 반짝이게 할 수 있는 직함이나 위치는 없다는 것이었다.

나에게 책 쓰기란 나 자신을 반짝이게 해 보고 싶다 마음먹고 결심한 첫 행동이다. 나 자신이 반짝여야만 모든 타이틀도 저절로 빛을 찾을 수 있다는 사실을 이제야 눈치챘다.

소크라테스의 '너 자신을 알라.' 말처럼 나를 알기에는 글쓰기만 한 게 없는 것 같다. 하얀 종이에 끄적이다 보면 생각과 감정이 맑아진다. 지금 나는 다음의 말을 종이에 남긴다. '오늘도 내 안에 먼지들을 닦는 힘을 길러보자.'

오늘도 빛나기 위해 열심히 삶을 살고 있다. 나의 빛남을 잘 살펴보자. 있는 그대로의 나를 받아들이며 말이다.

성공한 사람이 성공한 이유는 성공하는 습관을 지녔기 때문이다.

· 나폴레온 힐 ·

필사하기 ●●●

지니다

❶ 몸에 간직하여 가지다.
❷ 기억하여 잊지 않고 새겨 두다.
❸ 바탕으로 갖추고 있다.

☺ **내가 빛나기 위해 실천할 수 있는 방법은 무엇일까요?**

4. 김영주

이것이 내 삶의 성공이다

"올해는 어떤 수업을 해볼까?"

매 학기가 시작되기 전, 새로운 수업을 구상하는 일은 언제나 신이 난다.

'한국어 교육'이라는 터전에 들어와 한국어와 한국 문화를 전파하는 일이 나에겐 직업이 아닌 기쁨이고 축복이고 사명이 되었다. 학생들과의 만남은 언어와 문화를 가르치는 것을 넘어 마음을 나누고 사랑을 나누는 시간이 된다.

3시간도 채 못 자며 일과 공부를 병행하던 때, '내가 무슨 부귀영화를 누리겠다고 이러고 있는 거야?' 포기하고 싶을 때도 있었다. 불합리한 교육 현장을 보며 분노가 치밀었던 적도 있었다.

"제 인생 최고의 선생님이에요. 사랑해요." 학생들의 깜짝 이벤트에 눈물을 펑펑 흘리며 내가 힘들었던 시간을 보상받기도 했다.

우리는 삶에서 수없이 많은 선생님을 만난다. 그중에 '선생님' 하면 떠오르는 나에게 영향을 주었던 분이 있다. 나도 나를 만난 이들에게 떠오르는 사람이고 싶다. 누군가에게 좋은 영향력을 주는 사람, 이것이 내 삶의 성공이다.

"성공은 이루는 것이 아니라 만들어 가는 것이다."

내가 남기고 싶은 명언이다.

인간의 유일한 한계는 마음속에서 정해지는 생각의 한계뿐이다.

· 나폴레온 힐 ·

필사하기 ●●●

한계

사물이나 능력, 책임 따위가 실제 작용할 수 있는 범위. 또는 그런 범위를 나타내는 선.

☺ **나만의 성공 개념이 있나요? 성공을 위해 무엇을 노력하고 있나요?**

5. 최덕분

감사를 쌓아가다

"고마워 감사일기를 어떻게 2,100일 넘게 쓸 수 있었나요?"

나에게 '고마워 감사일기'란, 기록을 통해 인정과 이해를 받고 싶어 하는 나의 마음을 있는 그대로 드러낼 수 있는 도구이다. 어느 봄날 이른 아침, 설렌 마음을 담아 '고마워 감사일기'를 쓰고 출근했다.

"국장님, 감사일기 쓸 시간에 일에 집중하시고 그만 쓰세요."라고 찡그린 표정으로 말했던 그녀가 생각난다.

퇴근하고 저녁 시간이었다. 환한 미소가 가득 담긴 표정으로 남편은 이렇게 말해 주었다.

"당신, 진짜 고마워 디자이너 맞네. 고마워 감사일기를 포기하지 않고 꾸준히 쓰며 성장하는 모습이 참으로 대단해 보여. 당신은 앞으로도 더 멋지고 매력적인 고마워 컴퍼니 대표가 될 거야."

따뜻하고 진심이 담긴 남편의 고백이 오늘따라 오래도록 귓가에 맴돈다.

성공은 지금, 이 순간부터 시작이다. 작은 실행의 점을 하루하루 찍으며 결과물이 아닌 나의 있는 모습 그대로 과정의 모습을 보여 주는 것이다. 성공은 끊임없이 감사를 쌓아가는 과정이다.

나는 이런 명언을 남기고 싶다.

"서툴면 서툰 대로, 부족하면 부족한 대로, 있는 모습 그대로, 나는 충분히 괜찮은 사람이다."

당신에게 가장 큰 기회는 지금 바로 그 자리에 존재한다.

· 나폴레온 힐 ·

필사하기

기회 어떠한 일을 하는데 적절한 시기나 경우.

☺ **삶을 살아가며 어떤 기회를 잡고 싶은가요?**

6. 윤선희

살아가자!

'과연 내가 혼자 걸을 수 있을까?'

이 망설임은 오랫동안 나의 시작을 가로막고 있었다. 올레길 완주 도전은 나에게 망설임의 고리를 끊어내고 '시작이 반이다.'라는 명언을 내 삶 속으로 가져와 주었다. 처음 올레길을 걸은 그날 해냈다는 성취감, 혼자서도 할 수 있다는 자신감을 얻게 된 소중한 날이었다.

2021년 5월 19일 첫 올레! 말미오름을 오르기 시작하며 혼자라는 두려움도 잠시, 제주의 멋진 풍경과 모든 잡념을 떨쳐버릴 수 있는 그 시간에 매료되었다. 화창했던 첫날과 달리 두 번째 날은 비가 많이 왔다. 순간 '포기할까?'라는 생각도 들었지만, 우비입고 빗소리를 들으며 걷는 그 시간은 힐링 그 자체였다.

성공은, 나만의 삶을 잘 살아내는 것이다. 남과 비교하며 나를 깎아내리지도 말고, 타인의 삶을 질타하지도 말고, 지금 이 순간을 잘 살아가는 것이다. 10년, 20년 후 나 자신에게 부끄럽지 않도록, 현재를 살아가자!

"나만의 성공기준을 세우자.
현재를 살아내는 원동력이 될 것이다."

나만의 성공 명언이다.

기회는 불행이나 일시적인 패배로 위장하여 나타날 때가 많다.

· 나폴레온 힐 ·

필사하기 ●●●

기회

❶ 어떠한 일을 하는 데 적절한 시기나 경우.
❷ 겨를이나 짬.

☺ **인생에서 짬을 내는 시간이 언제인가요? 짬 낸 시간에 무엇을 하고 있나요?**

7. 고선해

독서가 가르쳐 준 것들

“자기야, 나의 오랜 버킷리스트 중 하나는 열흘 정도 아무것도 안 하고 책만 읽는 거야.”

“그럼 그렇게 해. 당신 그동안 열심히 살았으니 원하는 것 다 할 자격 있어. 밥도 안 차려 줘도 되니까 자기 원하는 시간만큼 책만 읽어.”

남편의 전폭적인 지원으로 2022년 5월, 과감하게 모든 강의를 멈추고 충주 별장에서 열흘 동안 책만 읽었다.

수려한 자태를 뽐내는 소나무 아래에서 누가 더 멋진지 내기하며 책을 읽기도 하고, 초록색 잔디 위에서 읽기도 했다. 다양한 새소리는 독서에 몰입할 수 있도록 도와주었다. 생업의 압박에서 벗어나 평온한 마음으로 책을 읽는 순간순간마다, 가슴이 몽글해졌다.

책을 읽지 않았다면 나의 잠재력을 발견하지 못했을 것이고, 희망이 넘치는 세상을 몰랐을 것이며, 나에게 상처 준 부모를 원망하며 무기력한 삶을 살았을 것이다.

나는 책을 읽으면서 내 삶의 가치관을 뚜렷하게 갖게 되었고, 세상에 기여할 수 있는 많은 재능이 있다는 것을 알았으며, 두려움에 맞설 수 있는 용기를 갖게 되었다.

독서는, 고통을 견딜 수 있는 힘이었고 한 가닥 빛이었다. 책을 읽으면서 희망을 발견했기에 시련을 초연하게 받아들일 수 있는 내공이 생겼다. 고난 끝에 있을 희망의 빛도 보았다.

그리고 독서를 통해 나만의 성공도 정의내릴 수 있게 되었다.

나에게 성공이란, 보이지 않는 점을 매일 찍으면서 선을 만들어 가는 과정이라고 생각한다. 보이지 않는 작은 점(노력)이 모여 선(성과)이 되고 화살표가 되면서 내가 꿈꾸었던 곳으로 안내해 주기 때문이다.

나는 이런 명언을 남기고 싶다.

"느리더라도 멈추지 않고 성장하는 삶을 향해 꾸준히 나아가며 작은 성취를 이루고 행복을 느끼는 과정이 성공이다. 꾸준함을 이기는 것은 없다."

독서와 함께 오늘도 작은 점을 찍고 있는 나를 응원한다.

행복은 단순한 소유가 아니라 행동에서 발견된다.

· 나폴레온 힐 ·

필사하기

행복

❶ 복된 좋은 운수.

❷ 생활에서 충분한 만족과 기쁨을 느끼어 흐뭇함. 또는 그러한 상태.

☺ **성장을 위해 노력했던 순간이 있었나요? 노력 후 어떤 감정을 느꼈나요?**

8. 김경아

성공의 길을 걷고 있다

"어떻게 한 가지 일만 30년 넘게 해 오신 거죠?"

미래의 일꾼들과 함께하고 있는 '유치원 원장'이라는 일은 나를 살아가게 하는 이유이다. 단순히 "아이가 좋아서요."라고 답하기엔 마음이 더 요동치는 부분이 있다.

"어떻게 하면 아이들을 잘 키울 수 있지?" 혼돈과 방황 속에서 고민하는 이 시대 부모들과 꿈 많은 아이와 함께하는 이 일은 나의 사명이기도 하다.

솔직히 하루가 시작되면 평안함보다 긴장감이 더 크다. 해맑은 미소로 세상에서 가장 평화로운 모습의 아이들을 보며 갖게 되는 기쁨은 일터에서 마무리 시간이 되어서야 느낄 때가 더 많다. 마냥 좋아서 30년 넘게 이 길을 걷고 있음에도 말이다.

"일을 할 때 당신의 표정은 언제나 웃음 가득하네요."

"일을 할 때 당신은 집에서는 느껴지지 않는 또 다른 열정이 가득해요." 지인과 가족의 말속에서 나는 다시금 깨닫게 된다. 이 일은 천직이구나.

나에게 성공이란, 달란트를 발견하고 생각만 해도 기분 좋아지는 일을 세상에 전할 수 있는 방법을 연구하며, 선한 영향력이 결과로 나타나 늘 발전하는 모습을 보이는 것을 뜻한다. 그래서 나는 이런 명언을 남기고 싶다.

"당신의 존재 가치를 여기저기 흘려라. 다소 늦어도 좋다."

하고 싶은 일이 있다는 것, 행복이다.

사명이 있다는 것, 행복이다.

글을 쓴다는 것, 행복이다.

나의 사명, 나의 글쓰기로 오늘도 난 성공의 길을 걷고 있다.

당신의 비전과 꿈을 영혼의 자식처럼, 궁극적인 성취로 이어지는 청사진처럼 소중하게 생각하라.

· 나폴레온 힐 ·

필사하기 ●●●

❶ 건축이나 기계 따위의 도면을 복사하는데 쓰는 사진.
❷ 미래에 대한 희망적인 계획이나 구상.

☺ **당신은 어떤 일을 하면 기분이 좋아지나요?**

9. 진수민

성장 중이고 성공 중이다

"어떻게 화를 안 낼 수 있어?"

"어떻게 그 사람을 아무렇지 않게 대할 수 있어?"

십 년 넘게 학원 생활을 하며 내가 만난 건 아이들만이 아니다. 다양한 학부모를 만나고 때론 부당한 경우를 당하기도 했다. 울고 화내도 시원치 않을 판에 다시 웃으며 아무 일 없었다는 듯 그들을 대하는 나를 보며 지인들이 오히려 속상함을 토로한다.

나에게 '화'는, 그저 꾹 참고, 회피하고, 아닌 척 연기하기에 바쁜 것이었다. 폭주하는 화를 많이 본 탓일까? 감정조절 못 하는 추한 괴물로 보일까 봐 싫었다. 하지만 화를 안 낸다고 해서 화가 없는 것이 아니었다. 화를 내는 나 자신에게 화가 나는 게 싫었다.

"원장님. 믿고 맡겼는데, 아이 수학 성적이 이게 뭐예요? 당장 수학 강사 바꾸세요."

다짜고짜 화를 내는 학부모의 전화다. 마치 싸움닭처럼 쪼아댄다. 사람들의 화를 받는 것은 두렵다. 하지만 아이의 일거수일투족을 감시하고 자신의 감정을 모조리 쏟아붓는 엄마들을 보면 이제 화가 나기보다 안아주고 싶다. 걱정과 불안을 이해한다고, 아이들은 엄마보다 훨씬 큰 존재라고 위로하고 싶다.

성공은 자기만족이다. 어릴 때는 부모님께 인정을 받고 싶었고, 커서는 '일 잘한다, 아이 잘 키운다, 돈 잘 번다, 잘 가르친다' 등등 평가로 내 위치를 인식했다. 타인의 시선과 인정에 나는 얼마나 만족했나? 온전한 '나'의 시선에서 만족하는지, 행복한지 느껴본다. 크고 작은 스스로의 만족이 나를 성장시켰다. 나는 아이들과 엄마들의 성장을 도우며 내면 아이와 함께 성장 중이다.

성장과 성공은 함께 한다.
나는 성장 중이고 성공 중이다.

다른 사람의 성공을 도우면 더 빠르고 대단하게 성공할 수 있다.

· 나폴레온 힐 ·

필사하기 ●●●

성공 목적한 바를 이룸.

☺ **당신은 성장을 위해 어떤 노력을 하고 있나요?**

10. 백미정

주어라

"어떻게 10권의 책을 쓸 수 있었어요?"

나에게 책 쓰기란,

결과로 인정받고 싶어 하는 나의 욕구를

한계 없이 드러낼 수 있는 도구이다.

또한, 오늘 죽고자 했던 이가

내가 쓴 한 문장으로

내일을 기대할 수 있는 기적을 만들어 주는

사명이기도 하다.

겨울날, 히터를 틀지 않은 커피숍에서 손을 호호 불어가며

글 썼던 날이 생각난다.

"책 출간, 축하해."

아니었다.

그년의 한쪽 입꼬리가 올라가 있었기 때문이다.

난 속으로 답했다.

'두고 보자.'

저자 강연회 날, 엄마 앞에서 나훈아의 '부모' 노래를 불렀다.
"정아, 니 말 참 잘 하드라. 근데, 노래는 하지 말아라."
엄마의 피드백이 정겨웠다.
"저, 백 작가님과 함께 세계로 꼭 진출할 거예요."
어느 작가님의 고백이 진하게 다가왔다.

나에게 있어 '성공'이란,
2만 5천 가지 감정을 경험한 후
사람들에게 유익이 되는 결과물을 보여줌으로써
나와 함께 하는 사람들의 삶이
확장되어 가는 것이다.

그래서 나는 이런 명언을 남기고 싶다.
'내 영혼을 복제해서 사람들에게 주어라.'

지성의 진정한 척도는 실행이다.

· 나폴레온 힐 ·

필사하기

척도

❶ 자로 재는 길이의 표준.
❷ 평가하거나 측정할 때 의거할 기준.

☺ **성공을 위해 3배 더 노력했던 순간은 언제였나요?**

11. 경수경

제법 놀라웠던 실행

"어떻게 《하루 10분 엄마 감정 수업》 외 7권의 책을 쓴 작가가 되셨나요?"

육아 감정은 정서적 대물림이 되기 때문에 양육하는 엄마들이 꼭 알아야 한다. 내가 책을 쓰게 된 가장 큰 이유이기도 하다.

나 또한 성인이 된 지금도 감정 조절에 자유롭지 못하다. 어릴 때는 더 심각한 상태였다. 매일 죽고 싶었다. 알 수 없는 불안감, 우울, 슬픔, 강박, 두려움의 감정들은 액세서리처럼 여기저기 나에게 붙어 있었다. 뒤죽박죽 감정들은 나를 흥분시키기도 하고, 밑바닥까지 떨어지게도 했다. 그럴 때마다 부정적인 감정들을 떨쳐내려 애썼다. 누군가는 나에게 조언했다.

"긍정적으로 생각해야 한다."

"밖에서 많은 사람들을 만나야 한다."

하지만 이런 조언보다는 감정 공부가 해답이었던 것 같다.

'도서관 책장에 꽂혀있는 많은 책 좀 봐! 하루 종일 이곳에만 있어도 행복할 거야.'

도서관 한편에 자리를 잡고 《하루 10분 엄마 감정 수업》 원고를 정리하던 지난 시간을 되돌려 본다. 유아교육 현장에서 겪었던 엄마들의 모습이 떠올랐다. 남편의 외도로 죽을 것 같은 고통 속에서도 경제적 자립이 어려워 외도를 모르는 척 살아가는 엄마에게 나의 책이 힘이 되었다는 소식은 내가 하는 감정 공부가 사람을 도울 수 있음을 증명해 준 것과 마찬가지였다. 제법 놀랐고, 뿌듯함과 행복감 역시 제법 컸다.

나의 아픔을 잘 견디어 내어 그것을 책이라는 결과물로 승화시켰던 실행은, 내가 선택한 일들 중 단연 베스트다. 감정 공부로 자신의 아픔을 다독거려 주면서 소중한 지인들의 감정도 들여다볼 줄 아는 사람들이 많아지기를 바란다. 그래서 난, 끊임없이 공부하고 끊임없이 글을 쓰게 될 것 같다.

지성의 진정한 척도는 실행이다.

· 나폴레온 힐 ·

필사하기

실행

❶ 실제로 행함.
❷ 컴퓨터를 명령어에 따라서 작동시키는 일.

☺ **지금까지 당신이 선택한 실행 중, 가장 잘했다고 생각하는 일은 무엇인가요?**

story 04.

채움 : 비운다는 것

비

는

우

산을 보며

다

시 태어난다

부서지기도 하고,
종착지를 바꾸어 보고,
가지 않던 길을 가보고,
마시지 않던 차를 마시고,
생각을 달리 해 보며
비우다.
그리고,
채우다.

1. 김보영

여행은 진리

혼자만의 온천여행을 떠난다.

별이 내 얼굴로 쏟아져 내린다.

수면 위에서 별빛이 부서진다.

따뜻한 물속에 몸을 담근다.

매끈한 피부를 손으로 쓸어내린다.

꽃잎과 나뭇잎에 내려앉은 이슬 냄새가 상큼하다.

찌르르,

벌레들이 어두움을 즐기는 소리.

깊은 밤에 생각나는 와인 한 모금.

나의 비움은

나에게만 집중할 수 있는 여행으로

다시 채워진다.

산다는 것은 서서히 태어나는 것이다.

· 앙투안 드 생텍쥐페리 ·

필사하기

태어나다 사람이나 동물이 형태를 갖추어 어미의 태(胎)로부터 세상에 나오다.

☺ 무엇을 할 때 가장 안전하고 편안하다고 느끼나요?

대나무 숲

대나무 숲에 앉아있다.

눈앞에 쭉쭉 뻗어있는 대나무가 나를 보호해 주는 벽 같다.

풀 향기들이 내 코와 마음을 뻥, 뚫어준다.

내 얼굴과 손가락 사이로 바람이 지나간다.

사각사각, 대나무 잎과 바람이 부딪치는 소리가 적막을 불안해하는 나를 위로해 준다.

청량한 탄산수 맛이 난다.

나의 비움은

몸과 마음의 안정을 확인함으로

다시 시작한다.

무엇인가를 할 수 있는 시간이란 찾으려야 찾을 수 없는 것이다.
시간이란 필요하다면 만들어야 하는 것이다.

· 찰스 벅스턴 ·

필사하기 ●●●

필요 반드시 요구되는 바가 있음.

☺ **내가 비워야 할 마음 한 가지는 무엇일까요?**

만남

좋아하는 배우가 나오는 뮤지컬 한 편을 보았다.

연기하는 배우의 모습에서 얼굴 근육의 움직임과 손끝의 전율이 살아있다.

한순간도 눈을 뗄 수 없는 이야기는 손에 땀을 쥐게 한다.

새벽 숲속의 풀 내음에 눈물과 미소가 드리웠던 기억이 떠오른다.

배우의 거친 숨소리에 심장이 고동친다.

진한 치즈케이크를 한 입 베어 물 듯 막이 내린다.

나의 비움을 채우는 것은

새로운 것과의 만남이다.

우리를 절망에 빠뜨리는 것은 불가능이 아니라 우리가 깨닫지 못했던 가능성이다.

· 프랑수아 드 라로슈푸코 ·

필사하기

절망

❶ 바라볼 것이 없게 되어 모든 희망을 끊어 버림. 또는 그런 상태.
❷ 실존 철학에서, 인간이 극한 상황에 직면하여 자기의 유한성과 허무성을 깨달았을 때의 정신 상태.

☺ **비워진 마음에 채우고 싶은 것은 무엇인가요?**

깔끔하다

계절 신상을 둘러본다.
오롯이 나만을 위한 단독 쇼핑.
짜릿한 자유가 머리부터 발끝까지 타고 흐른다.
청량한 봄 내음이 코끝을 간지럽힌다.
멋들어지게 진열된 옷들이 너울거리며 아우성친다.
"열심히 살아온 너, 고급지게 걸칠 만한 자격 있어!"
뒷맛 없이 깔끔한 초밥을 입에 넣은 듯 가볍다.

채워 넣기 위해 비운다.
지갑을 비우니
가슴이 채워진다.
읽고 쓰며 영혼도 함께 채운다.

작은 변화가 일어날 때 진정한 삶을 살게 된다.

· 톨스토이 ·

필사하기 ●●●

변화 사물의 성질, 모양, 상태 따위가 바뀌어 달라짐.

☺ **'휴식' 하면 제일 먼저 드는 생각은 무엇인가요?**

책의 감탄

3년 전에 초고를 썼던 책이 드디어 출간되었다.

초록과 엷은 분홍색이 어우러진 책 표지, 따스함이 전해진다.

보들보들한 재질의 종이책을 넘길 때마다 손가락 끝으로 진한 감동이 느껴진다.

따끈한 새 책에서 풍겨 나오는 종이의 냄새.

바스락, 책장이 넘겨질 때마다 감탄의 아우성들이다.

달콤한 커피로 깊은 깨달음이 전해져온다.

나의 비움은

하얀 종이 위에서

감사를 기록하는 순간에 다시 채워진다.

인생은 교향악이다. 인생의 순간들이 합창으로 노래하고 있다.

· 로맹 롤랑 ·

필사하기 ●●●

교향악

교향곡, 교향시, 고향 모음곡 따위의 관현악을 위하여 만든 음악을 통틀어 이르는 말.
대규모의 관현악 조직에 의하여 연주된다.

☺ **자신의 모습에서 진정으로 비워내고 싶은 모습은 무엇인가요?**

6. 윤선희

타다 남다

불멍을 하고 있다.

붉게 타오르는 빛이 편안함을 준다.

따뜻한 불의 기운이 나를 포근히 감싸준다.

나무 향이 나에게 "괜찮아."라고 말해주는 것 같다.

타닥타닥, 장작 타는 소리가 "할 수 있어!" 나에게 응원을 건네준다.

나무를 태우고 남은 연기는 "이제 시작하자!" 나에게 현실을 일깨워 준다.

나의 비움은

일과 쉼, 평범한 일상으로 다시 채워진다.

이 세상에서 가장 중요한 것은 내가 어디에 서 있느냐가 아니라,
어느 방향으로 가고 있느냐이다.

· 요한 볼프강 폰 괴테 ·

필사하기 ●●●

방향

❶ 어떤 방위를 향한 쪽.
❷ 어떤 뜻이나 현상이 일정한 목표를 향하여 나아가는 쪽.

☺ **당신은 무엇을 할 때 가장 편안함을 느끼나요?**

제주도의 오감으로 나를 비우고 채우다

우주를 닮은 바다.
내 발자국을 기다리고 있는 모래사장.
잘 왔다 잘 왔어, 말해주는 파도.
나의 날개를 빌려 간 갈매기들의 비행.
내 오감으로 이 모든 것을 받아들인다.
숨을 깊게 들이쉬고 난 뒤 마신
아메리카노 한 모금에
세상을 다 가진 듯하다.

오랜 소망이었던
제주도 한 달살이.

여기서 난,
비움의 과거와 채움의 과거로
현재를 다시 만들어 간다.

세상의 비밀을 풀어 갈 수 있는 것은 사색의 힘이다.

· 발타자르 그라시안 ·

필사하기 ●●●

사색 어떤 것에 대하여 깊이 생각하고 이치를 따짐.

☺ **일상을 내려놓고 잠시 멈춤의 시간을 가져본다면 어떻게 쉬고 싶나요?**

8. 김경아

공간과 시간

나만의 힐링 공간이 완성되었다.

나의 몸과 마음을 다 받아주는, 일어나고 싶지 않은 푹신한 소파.

커피 향에 나의 인생이 있다.

크게 작게 잔잔하게 경쾌하게 들려오는 음악 소리에 눈을 감아 본다.

달콤한 케이크 한 조각을 입안에 담고 있는 느낌이다.

나의 비움은

일상을 떠난 공간에서 다시 채워진다.

나의 비움은

쉼표의 시간에서 다시 채워진다.

가슴으로 물어라. 그러면 가슴에서 나오는 대답을 듣게 될 것이다.

· 인디언 속담 ·

필사하기 ●●●

대답

❶ 부르는 말에 응하여 어떤 말을 함.
❷ 상대가 묻거나 요구하는 것에 대하여 해답이나 제 뜻을 말함.
❸ 어떤 문제나 현상을 해명하거나 해결하는 방안.

☺ **나에게 '비움'은 어떤 의미가 있나요?**

9. 진수민

나의 자연

몸을 간단히 풀고
따뜻한 바닷속에 들어갔다.

멀리서 볼 때 바다는 초록색 에메랄드빛이지만,
몸을 담그고 있자니 물고기 떼가 훤히 보일 정도로 맑고 투명하다.
손에 잡히지 않는 바닷물을 한 움큼 쥔다.
짠 바다 내음,
기억 속 어딘가의 비릿한 냄새가 아닌, 상쾌한 자연의 향이다.
쏴, 반복되는 파도 소리가 몽환적이다.
잠수를 해본다.
코에 물이 들어가 짜디짠 소금 맛이 난다.

온전히 자연 속에 나를 맡긴다.
무언갈 열심히 하지 않아도 되는 이 시간,
나는 자연으로 비워지고 다시 채워진다.

버리고 비우는 일은 지혜로운 삶의 선택이다. 버리고 비우지 않고는 새것이 들어설 수 없다.

· 법정 스님 ·

필사하기 ●●●

선택

여럿 가운데서 필요한 것을 골라 뽑음.
문제를 해결하기 위한 몇 가지 수단을 의식하고, 그 가운데서 어느 것을 골라 내는 작용.

☺ **당신은 내면의 비움을 위해 어떤 선택을 하시나요?**

10. 백미정

합력하여 선을 이루리라

합력하여 선을 이루리라.

두 팔 벌려 봄바람을 느끼는 듯한,
아카시아 향이 나는,
시계 초침 소리가 잘하고 있다 칭찬해 주는 듯한,
된장찌개 맛이 나는,
예수님의 말씀.

나의 비움은
글을 읽고 느끼는 시간으로
말을 하고 느끼는 시간으로
다시 채워진다.

작은 변화가 일어날 때 진정한 삶을 살게 된다.

• 톨스토이 •

필사하기 ●●●

변화 사물의 성질, 모양, 상태 따위가 바뀌어 달라짐.

☺ **'휴식'하면 제일 먼저 드는 생각은 무엇인가요?**

story 05.

속삭임 : 말하기 듣기 영역

대
나무 숲은 광활한 고요와 푸른 미소로

화
답한다

나와 대화하는 나무 심기로
숲을 만들어 가다.

1. 진은혜

모자이크 완성품

혜진아.

너는 '실수'라는 단어를 보니 어떤 생각이 들어?

피하고 싶은 생각이 들어.

하지만 피할수록 더 커지는 게 실수더라.

그래서 서로 다른 조각들이 모여 작품을 만들어 내는 모자이크 작품이라고 생각해 보기로 했어.

모자이크 작품? 신선한 표현이네. 조금 더 구체적으로 이야기해 줄 수 있을까?

남녀노소 누구나 재미있게 할 수 있는 작업이지.

크게 보면 삶이라는 틀 안에 발려진 풀에 의지해서 다른 모양들을 붙여 놓으면 멋진 작품이 되잖아. 실수도 그 조각으로 보고 나의 세월을 풀로 생각해 보았어. 이 모양 저 모양 초라해 보이고 쓸모없어 보여도 결국 오늘의 나를 만든 것은 그것들이더라고.

예전 실수들이 정말 큰일 날 것같이 힘들게 느껴지기도 했었는데 그 실수가 없었다면 더 큰 산을 넘는 데 어려움이 있었을 거야.

한 조각 한 조각도 모이면 다른 세상이 열리는 걸 알게 되었어. 그래서 모자이크 완성품을 떠올리게 되었나 봐.

너는 시야를 넓게 보는 능력을 가졌구나.

실수들을 보면서 그냥 불평하고 힘들어할 줄 만 알았지, 그렇게 생각해 본 적은 없었는데. 대단해.

새로운 관점으로 크게 보는 너의 말을 들어보니 나도 한번 돌아보게 되네. 대단해.

네 말을 들어보길 참 잘했다. 너의 삶을 축복해.

누구나 실수를 저지르지만, 훌륭한 사람만이 잘못을 인정하고 고친다.

· 〈안티고네〉 중 ·

필사하기 ●●●

인정 확실히 그렇다고 여김.

☺ **실수였지만 나에게 깨달음이 되었던 경험이 있을까요?**

2. 김보영

성공의 여정은 그렇게 채워가는 거야

영아, 너는 어떤 일을 겪을 때 '실패'했다고 느끼니?

어떤 경우라도 '실패'라는 단어를 붙이고 싶진 않구나.
잠시 쉬어가는 과정이 필요할 뿐이니까.

와! 기특한 생각을 했구나.
낙심하는 상황이 생길 때 도움이 될 만한 이야기를 들려주겠니?

'실패는 성공의 반대가 아닙니다. 성공의 일부입니다.'
아리아나 허핑턴의 말이야.
네가 하는 모든 일은 곧 너 자신이라고 생각해.
앞으로의 모든 일들은 성공으로 가는 과정이 될 거야.
그리고 인디언 속담에 이런 말이 있어.
'멀리 가려거든 함께 가라. 푸른 숲이 되려거든 함께 서라.'
'함께'의 힘은 우리가 상상하는 것보다 더 크고 멋지단다.
우리가 가는 길에 사람들을 초대하자.

성공의 여정은 그렇게 채워가는 거야.

그동안 겪었던 고난들이 헛되지 않았음이 느껴져.

어려움을 이겨내며 성장한 모습을 보니 흐뭇하고 기쁘다.

실패를 실패라 여기지 않고 삶의 한 과정으로 받아들이는 태도를 칭찬해.

너의 변화된 모습이 온 세상을 환히 밝히길 소망한다.

아니, 이미 그렇다고 말할래.

말의 힘은 위대하니까.

존재만으로도 빛나는 영아,

있는 그대로의 너를 사랑해.

한 번도 실패하지 않는 것이 아니라 실패할 때마다 일어서는 것을 목표로 하라.

· 단테 알리기에리 ·

필사하기

목표

❶ 어떤 목적을 이루려고 지향하는 실제적 대상으로 삼음. 또는 그 대상.
❷ 도달해야 할 곳을 목적으로 삼음. 또는 목적으로 삼아 도달해야 할 곳.
❸ 행동을 취하여 이루려는 목적으로 삼다.

☺ **낙담할 일이 생겼을 때 여러분에게 위로가 되는 말은 무엇인가요?**

나누고자 하는 마음을 품고

은솔아,

'인내'하면 머릿속에 떠오르는 이미지가 있니?

난 깜깜한 밤하늘, 알알이 박혀있는 별이 떠올라.

이야, 신박한데? 밤과 별의 까망과 하양, 대조되는 빛깔의 짝꿍이잖아.

이게 무슨 의미인지 좀 더 얘기해 줄래?

인내는 나를 꾹 눌러내는 과정이야.

당장은 나의 색을 무채색으로 까맣게 덮는 거지.

거침없이 분출하는 현재의 욕구를 살짝 눌러 유보하다 보면

결국 나만의 색을 띤 별이 떠올라.

내가 품었던 영어 교사, 그리고 작가의 꿈은

모두 깜깜한 밤의 시절을 통과했어.

새까만 인생 지도 위에 한동안 희망의 목발질만 계속되었지.

인생의 하늘 높이 영어 교사, 작가로 꿈이 반짝이는 날이 왔어.

밤이 짙을수록 반짝임은 더욱 강렬해진단다.

깊이 파인 목발 자국도 별빛에 물들어 점점 사라지지.

그래서 난,

꿈이 이루어지는 개수만큼이나

인내의 별이 반짝이는 밤하늘을 떠올리나 봐.

너의 마음속엔 이미 성장과 나눔이 있었던 거야.

맹렬하게 퍼붓는 바깥세상의 위협을 이겨내고

꿋꿋하게 걸어온 너의 발자취, 그 성장의 씨앗에 박수를 보낸다.

인생의 처소마다 툭 던져진 과업들을 온몸으로 받아내고

한 뼘씩 성장해 온 네가 얼마나 자랑스러운지.

교사로서, 작가로서 나누고자 하는 마음을 품고

그 경험을 마음껏 퍼뜨릴 너의 삶을 축복한다.

인내하지 못하는 자는 얼마나 불행한가? 천천히 아물지 않는 상처가 어디 있단 말인가?

· 윌리엄 셰익스피어 ·

필사하기

인내 실망, 반대, 이전에 한 실패에 아랑곳하지 않고 어떠한 일이나 행동을 계속함.

☺ **'인내' 하면 떠오르는 이미지가 있나요? 그 이유는요?**

4. 고선해

상황을 바꿀 수 없다면

선해야,

너에게 지혜를 주는 사람이나 매체가 있니?

음, 나에게 지혜를 주는 것은 바로 책이야.

책은 언제나 내 곁에서 내가 필요한 순간마다 적절한 조언과 위로를 주거든.

부정적인 상황을 긍정적으로 해석할 수 있는 내공이 생기도록 도와주기도 해.

와! 대단하다.

나는 문제가 생기면 그 문제에 빠져 고민과 걱정으로 많은 날을 보냈는데 말이야.

네가 찾은 책 속의 문장 중에서 나에게 소개해 줄 만한 구절이 있을까?

"상황을 바꿀 수 없다면 상황을 보는 태도를 바꿔라!"

나는 이 말을 늘 기억하면서 힘든 상황 속으로 나를 몰아넣기보다 그 문제를 긍정적으로 해석하면서 방법을 찾으려고 노력해.

어린 시절 새엄마와의 갈등으로 힘들었는데 이 문장을 만난 후 내가 바꿀 수 없는 상황임을 받아들이고 잘 지내려 노력을 했지. 이미 아빠와 결혼한 새엄마를 내가 어찌할 수 없고 친자식이 아닌 나를 친자식처럼 대한다는 것도 쉬운 일이 아닐 것 같아서 큰 기대를 하지 않았어. 기대하지 않으니 상처받을 일도 줄어들더라고.

남편의 잘못으로 엄청난 빚더미에 올랐을 때 남편을 잠시 원망했지. 그러나 원망하는 데 많은 시간을 낭비하기보다 빚을 갚을 수 있는 방법에 더 집중했어. 화를 내고 원망한다고 빚이 줄어드는 것은 아니니까.

만약 내가 책을 읽지 않았다면, 나에게 닥친 문제를 감정적으로 해결하고 뒤돌아서서 후회만 하고 있었을 거야.

선해야, 너 진짜 멋지다.

힘들었던 삶의 문제를 긍정적으로 해석하면서 산다는 것이 쉽지 않은데 지혜롭게 살아온 너를 칭찬해.

너에게 있는 긍정, 인내, 도전은 우리의 삶 속에 수시로 찾아오는 좌절과 절망을 이겨내는 데 꼭 필요한 가치들인 것 같아.

앞으로도 멋진 삶을 살아가리라 믿는다. 축복하고 응원해.

실수는 사람의 힘으로 막을 수 없다. 그러나 지혜롭고 훌륭한 사람은 오류로부터 미래를 대비하는 지혜를 배운다.

· 플라타르코스 ·

필사하기

지혜

❶ 사물의 이치를 빨리 깨닫고 사물을 정확하게 처리하는 정신적 능력.
❷ 제법에 환하여 잃고 얻음과 옳고 그름을 가려내는 마음의 작용으로 미혹을 소멸하고 보리를 성취함.
❸ 하나님의 속성 가운데 하나. 히브리 사상에서는 지혜의 특성을 근면, 정직, 절제, 순결 좋은 평판에 대한 관심과 같은 덕행이라고 본다.

☺ **힘든 상황을 지혜롭게 대처한 적이 있었나요?**
지혜롭게 대처한 후 느낀 감정은 무엇이었나요?

5. 김영주

오늘도 부탁해!

제이야,

후회의 감정이 들 때 너는 어떻게 행동하니?

먼저 후회하는 일에 대해 나 자신을 돌아보고 반성하지. 그리고 그 후회가 더 큰 후회가 되지 않기 위해 무엇을 해야 할지 고민해.

더 큰 후회가 되지 않게 하려고 고민한다니 정말 멋지네. 그럼 더 큰 후회가 된 적은 없었어?

있었지. 어릴 때 일이라 자세히 기억나진 않지만 사소한 일이었던 것 같아. 그래서 내가 실수하고 '에라 모르겠다. 어떻게 되겠지, 뭐!'하고 넘겼던 거야. 그런데 그게 큰일이 되어버렸어. 그때부터 후회하는 일은 만들지 않으려고 노력하고 있어. 후회하는 일이 생기면 방법을 찾고 좋은 방향으로 바꿔보려고 노력했던 것 같아.

그래서 너에겐 긍정의 힘이 넘치는구나. 부정적인 것보다는 긍정적인 것을 먼저 보고 어떤 상황에서도 "방법이 있을 거야.", "할 수 있을 거야." 라고 말하는 그 힘이 다른 사람들에게도 전해져서 너와 함께 있는 사람들도 긍정적인 마음을 가질 수 있는 것 같아.

너의 긍정의 힘을 항상 발휘해서 사람들에게 더 좋은 에너지를 전할 수 있기를 기도할게. 너로 인해 오늘 하루가 행복한 사람이 있다는 것을 잊지 말고 오늘도 긍정 에너지 부탁해!

무엇을 한 후에 후회하는 편이, 하지 않고 후회하는 것보다 훨씬 낫다.

· 조반니 보카치오 ·

필사하기

후회 이전의 잘못을 깨치고 뉘우침.

☺ **하지 않아서 후회했던 일은 무엇인가요?**

6. 김경아

행복한 사람

경아, '오늘'이라는 단어 앞에 너는 어떤 감정 단어가 생각나?

'한결같음'이라는 단어가 생각나.
사회생활 시작부터 지금까지 같은 업을 가지고 있거든.

같은 업을 지금까지, 와! 정말 대단해.
다른 업을 해 보고 싶다고 생각해 보지는 않았어?
어떻게 한결같이 같은 업을 가지고 있을 수 있어?

고등학교를 졸업하자마자 교회 주일학교 유치부 교사를 섬길 때였어.

아이들의 해맑은 미소, 작은 입으로 찬양하는 모습, 두 귀를 쫑긋 세워 턱에 손을 괴고 말씀을 듣는 모습에 반해 버렸어. 그래서 미래의 방향을 바꿔 지금의 업을 구체적으로 공부하게 되었지. 나는 어린 영혼들에게 푹 빠져 버렸단다. 다른 업은 아예 생각조차 하지 않았던 것 같아. 지금도 그 아이들의 미소가 나에게 감동을 주고 있어.

아이들에게 받는 에너지가 너를 한자리에 있게 해 주었던 것 같아. 일상의 삶에서 얻을 수 있는 가치가 몇 가지나 있을까? 너는 아이들과 함께 하는 하루하루의 시간 자체가 가치인 것 같구나.

아이들의 미소가 너의 미소로 전해지고 있음을 느낄 수 있어. 너는 행복한 사람인 것 같아. 너에게도 타인에게도 가치 있는 그 삶, 언제나 응원할게.

과거와 현재, 그리고 미래는 실제로 하나이다. 그것은 모두 '오늘'이다.

· 호라티우스 ·

필사하기 ●●●

오늘

❶ 지금 지나가고 있는 이날.
❷ 지금의 시대.

☺ **당신의 과거, 현재, 미래를 연결해주는 하나의 단어는 무엇인가요?**

7. 윤선희

예쁜 마음

희선아, 너와 함께하는 사람들을 생각하면 어떤 말을 해주고 싶어?

"충분히 아파하고 힘들어해! 그래야 다시 일어설 수 있어!"라고 말해주고 싶어.

너도 힘든 시기를 겪어 온 것 같구나. 그런데 충분히 아파한다는 것이 어떤 의미야?

어려서는 가족과 친구, 사회에서는 직장 상사나 동료 또는 주변 사람들과의 관계를 더 우선시해서 내 마음을 충분히 헤아려 주지 못할 때가 많았어. 해결하지 못한 생각과 감정들이 쌓이고 쌓여 나를 짓눌렀던 경험이 있단다. 그러면서 나뿐 아니라 내 곁의 모두가 힘들어졌지.

그래서 난, 나의 소중한 이들에게 이렇게 외치고 싶어.

다른 사람이 아닌 내 감정을 먼저 알아차리고 그것에 충실해!

내가 나에게 솔직하고 편안해져야 비로소 사람들도 내 곁에서 편해질 수 있어!

너의 말속에 주변 사람들을 생각하고 배려하는 마음이 녹아 있구나. 더불어 살아가야 하는 세상, 그 누구보다 네가 주인공임을 잊지 말았으면 해. 그럼 너의 사람들과 함께 더 잘 살아갈 수 있을 거야. 너의 그 예쁜 마음을 항상 응원할게!

진정으로 훌륭한 사람이 되기 위해서는 사람들과 함께 서야지, 사람들 위에 서서는 안 된다.

· 몽테스키외 ·

필사하기 ●●●

함께 한꺼번에 같이. 또는 서로 더불어.

☺ **당신이 생각하는 '함께'는 무엇일까요?**

고마워 디자이너

분이야,

너에게 찾아온 좋은 기회를 잡아서 원하는 결과를 만든 적 있니?

잠깐만 생각해 볼게.

아, 그래! 나에게 찾아왔던 좋은 기회는 15년 다닌 회사를 과감하게 퇴직했었던 일이야.

그 후 1인 기업을 선택해서 '고디(고마워 디자이너)'라는 이름이 브랜딩 되었지.

우와, 그랬구나! '고디'라는 이름이 참으로 멋지다.

'고디'라는 이름을 어떻게 만들게 되었어?

'고디'는 '고마워 디자이너'라는 말을 줄인 거야.

1인 기업가의 길을 선택하고 나니 브랜드 네임이 필요했어.

행복한 고민을 하고 있는데 문득 떠오른 질문이 있었지.

'내 삶이 변화하게 된 이유가 무엇일까?'

그리고 답을 찾았어.

5년 동안 써왔던 감사 일기가 있었던 거야.

내가 살고 싶어서 감사 일기를 써 왔는데

진짜 변화된 삶을 경험하게 되었어.

그래서 내 삶의 경험을 들여다보면서 핵심 키워드를 꺼내 봤어.

바로,

'고마워' 말 한마디였단다.

그래서 '고마워 디자이너'라고 브랜드 네임을 정하게 되었어.

와우! 분이야 정말 멋지다!

변화의 사람이 되려고 참으로 수고하고 애썼구나.

너에겐 '깨달음의 지혜'가 항상 있었던 거야. 축하해.

앞으로 1인 기업가로서 기록파워 클래스를 통해 긍정적인 언어변화를 돕는 멋진 성공자가 되렴.

'고디'라는 이름을 선택하여 브랜딩이 된 기회를 잡은 너에게 진실로 **고**마워. **사**랑해. **덕**분에 **행**복해. **고사덕행**.

기회란 언제나 예고 없이 찾아온다. 항상 낚싯대를 던져 놓아라.
전혀 기대하지 않았던 곳에서 물고기가 잡힐 것이다.

· 오비디우스 ·

필사하기

기회 어떠한 일을 하는 데 적절한 시기나 경우.

☺ **기회를 잡아 좋은 결과를 얻은 적 있나요?**

9. 백미정

조용한 감탄사

미진아,

넌 '발견'이라는 단어를 보니 어떤 생각이 들어?

음, '조용한 감탄사'를 닮은 단어라는 생각을 했어.

조용한 감탄사?

신선한 표현이네.

조금 더 구체적으로 이야기해 줄 수 있을까?

20년 전부터 가지고 있던 내 꿈은 글 쓰는 작가와 강사였고 꿈을 이루었지.

그런데 이게 다가 아니었어.

내가 만나는 모든 사람이 각자가 생각하는 성공을 이룰 수 있도록

글과 말로 도와드리고 싶다는 확장된 꿈을 발견하게 된 거야.

"바른 생각을 올바르게 표현하면, 그 파장은 빛의 속도로 퍼져나가
수백만 명에게 각인된다."

《어떻게 말할 것인가》 책에서도 밝히고 있듯,
사람의 영혼을 순식간에 변화시킬 수 있는 최적의 도구는
글과 말이라고 확신해.
글쓰기로 내 마음을 튼튼하게 짓는 사람,
말로 내 삶을 잘 표현하는 사람이 되고 싶어.
내가 만나는 모든 사람과
서로가 서로에게 멘토가 되어줄 수 있는 관계가 되어
각자의 사명을 넘어 우리의 사명을 발견하고 실천할 거란다.
생각이 커지니까 내 영혼이 감탄사를 외치는 것 같았어.
그래서 '조용한 감탄사'라는 표현을 떠올리게 됐나 봐.

이야! 어쩜 이런 생각을 하게 되었을까?
너에겐 이미 마음이 바른 '진실'과 협력하여 일을 완성하는 '협업'이 있

었던 거야.

글을 읽고 쓰면서, 여러 강의를 만들고 나눔 하면서,

그리고 좋은 사람들과 함께하면서 발견하게 되었구나.

축하해.

너의 사명 덕분에 진짜 행복과 성공을 찾게 될 많은 사람,

그리고 너의 미래를 응원할게.

그땐 '조용한 감탄사' 말고

'대단한 감탄사'라고 표현해도 될 것 같아.

넌 이미 감탄의 존재야.

서로 믿고 서로 도움으로써 위대한 업적이 이루어지고, 위대한 발견도 생겨난다.

· 호메로스 ·

필사하기

발견

미처 찾아내지 못하였거나 아직 알려지지 아니한 사물이나 현상, 사실 따위를 찾아냄.

☺ 나에게 있어 인생 최고의 '발견'은 무엇이라고 생각하나요?

10. 진수민

내가 아팠던 만큼

라울아,

너의 경험들은 사람들에게 어떤 도움을 줄 수 있을까?

나는 경험을 통해 상대방을 더 공감할 수 있다고 생각해.

공감은 소통을 가능하게 하고 혼자가 아닌, '함께'라는 힘을 주지.

내 경험과 느낌을 글로 써서 사람들에게 따뜻한 위로와 웃음을 주고 싶어.

그럼, 기억하기 싫은 아픈 경험도 공감과 소통의 일부가 될 수 있을까?

예전엔 좋은 경험은 주변을 환하게 밝히고,

나쁜 경험은 나를 좀먹는다고 생각했어.

지금은 아팠던 경험 덕분에

상대를 보면 '너도 아팠구나.'하고 공감해 주게 되고,

수치스러움에 괴로워하는 친구에게

'괜찮아, 아파도 괜찮아.'하고 존재 자체를 인정해 주게 되었어.

마음이 힘들 때 스스로에게 질문해 본단다.

'지금 네 마음은 어때?

왜 그렇게 속상해?

화가 나는 진짜 이유는 뭘까?'라고 말이야.

그리고 마음을 글로 쓰면서

'나는 인정받고 싶었구나.

따뜻한 격려의 말이 듣고 싶었구나.'

있는 그대로 나를 바라보고 토닥여 줄 수 있었어.

내가 아팠던 만큼 사람들의 마음을 더 공감하고,

나 자신을 사랑하는 만큼 사람들에게 사랑을 표현하면서,

나의 성장과 함께 사람들의 성장도 도울 수 있었어.

아팠던 경험은 나에게 귀한 기회였다고 생각해.

네 말을 들으니, 힘들었던 경험은 자신을 더없이 소중하고 귀하게 여길 수 있는 기회를 주는 것 같아. 너의 경험들은 너를 살리고 주변 사람들을 살리는 일이 될 거야.

공감은 큰 축복이고

위로는 살 힘을 얻게 할 거야.

스스로를 잘 알고 사랑하는 라울아,

네 눈물은 가뭄의 단비처럼 행복과 평온을 안겨주고 있구나.

깨달음을 줘서 고마워.

앞으로도 너의 모든 것을 응원하고 축복할게.

사랑해, 내 친구!

자신의 경험은 아무리 작은 것이라도 백만 명이 한 타인의 경험보다 가치 있는 재산이다.

· 고트홀트 레싱 ·

필사하기 ●●●

경험 자신이 실제로 해 보거나 겪어 봄. 또는 거기서 얻은 지식이나 기능.

☺ **당신의 경험은 사람들에게 어떤 도움을 줄 수 있을까요?**

11. 경수경

이루어질 몰입

배우고 나누어 빛나게 하는 '배나빛' 서림아.

너에게 '도전'은 어떤 의미가 있니?

무모한 것처럼 보이지만 이루어질 몰입이라고 생각했어.

힘든 상황을 이겨내고, 도전을 선택한 적이 있는 것 같구나.

너의 이야기를 들려줄 수 있을까?

그래. 질문해 주어 고마워.

힘들기로 유명한 유치원 평교사 시절을 보내고 내가 생각하는 유아교육을 펼치고 싶어서 원아 모집 시기도 끝난 5월에 어린이집을 개원했던 일이 떠올라. 정말 대단한 도전이었지.

좋지 않은 상황이었던 것 같은데, 너의 꿈을 위해 도전을 선택한 거였구나.

그리고 난, '이루어진 몰입'이라는 표현이 재미있게 들려.

이 말은 너에게 어떤 의미가 있니?

힘들었던 평교사 시절을 끝내고 나만의 어린이집을 개원했다고 했잖아?

응, 맞아.

5월이면 원아 모집이 끝난 시기야. 적어도 1년은 투자의 시간이라는 계산을 하지 않았다는 거지. 아이들을 위한 좋은 어린이집만 생각하는 '이루어질 몰입'만 생각한 거야. 하지만, 나에게 오는 아이들에겐 좋은 것만 줄 수 있다는 믿음과 확신이 있었어. 그것이 '이루어질 몰입'이라는 거야.

무모하지만 나 자신에게 떳떳한 꿈, 그리고 그 꿈을 뒷받침해 주는 믿음과 확신, 이것이 나를 몰입할 수 있도록 도와주었어.

배나빛 서림아.

너는 이미 네가 도전하려 했던 그것이 이루어질 거라는 믿음과 확신이 있었던 거야. 모두가 무모하다고 생각했다고 하더라도 그 생각에 물들지 않고, '이루어질 몰입'에만 집중했던 너여서 가능한 일이었지.

무모함 속에서 '이루어질 몰입'이라는 꽃을 피워 냄을 축하해!

너의 도전과 성취가 또 다른 누군가에게 희망의 향기로, 아름다움으로 함께하길 축복해.

서림아, 넌 멋진 사람이야.

불행에 굴복하지 말라. 그보다 대담하고, 적극적이며, 과감하게 불행에 도전하라.

· 베르길리우스 ·

필사하기

대담하다 담력이 크고 용감하다.

주위의 시선에 아랑곳하지 않고 도전을 해 보았거나 몰입을 했던 경험이 있나요?

story 06.

토닥임 : 인내를 어루만지다

인
자 괜찮다

내
걱정 하지 말거라

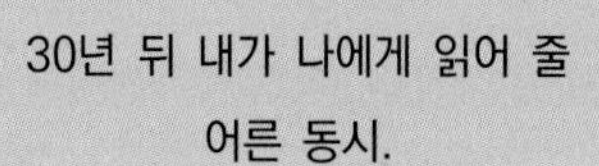

30년 뒤 내가 나에게 읽어 줄
어른 동시.

1. 진은혜

맛있게 그리고 외치다

보글보글

엄마의 김치찜은 인내를 닮았다.

뜨거운 화기를 견디는

인내가 있어야

더 맛있어진다.

시간이 되면

꼬끼오 외치는

닭 우는 소리가

인내를 닮았다.

새벽을 기다린 밤,

주변을 아랑곳하지 않고 자신의 일을 해내는 소리,

닭 우는 소리가

나의 인내도 깨워준다.

승리는 상대방보다 15분 더 견디는 쪽에 돌아가게 마련이다.

· 마르셀 프루스트 ·

필사하기 ●●●

견디다

❶ 물건이 열이나 압력 따위와 같은 외부의 작용을 받으면서도 일정 기간 동안 원래의 상태나 형태를 유지하다.

❷ 사람이나 생물이 어려운 환경에 굴복하거나 죽지 않고 계속해서 버티면서 살아 나가는 상태가 되다.

☺ **내 주변에 인내를 닮은 물건은 어떤 물건이 있나요?**

웃어주고 익어가며 묵묵히

벙글벙글 미소 짓는 코스모스야
비가 와도 눈이 와도
아랑곳없이 웃어주는구나

주렁주렁 매달린 감이
한겨울 찬바람을 견디며
쫀득하고 달콤하게 익어간다

엉금엉금 거북이는
뛰어가는 토끼를 쳐다보지 않고
묵묵히 갈 길을 간다

인내하는 사람은 정복당하지 않는다.

• 조지 허버트 •

필사하기 ●●●

정복

❶ 남의 나라나 이민족 따위를 정벌하여 복종시킴.
❷ 높은 산 따위의 매우 가기 힘든 곳을 어려움을 이겨내고 감.
❸ 다루기 어렵거나 힘든 대상 따위를 뜻대로 다룰 수 있게 됨.

☺ **좋은 습관을 지속적으로 유지하려면 어떤 노력이 필요할까요?**

3. 위혜정

구수한 시간들을 지나

뽀글뽀글
여러 번 끓여 낸 된장국의 맛은
인내를 닮았다

꼼지락꼼지락
기어다니는 아이의 다리는
인내를 닮았다

송글송글
이마에 맺힌 땀방울은
인내를 닮았다

인내는 희망을 품은 기술이다.

· 푸블리우스 시루스 ·

필사하기

품다

1. 품 속에 넣거나 가슴에 대어 안다.
2. 남에게 보이지 않도록 품속에 넣어 지니다.
3. 기운 따위를 지니다.

☺ **나에게 있어서 가장 인내를 해야 했던 시간은 언제였나요?**

조금씩 깊게 견디며

엉금엉금
느리지만 멈추지 않고 걸음을 조금씩 옮기는 거북이는
인내를 닮았다.

보글보글
밤새 우려내야 깊은 맛이 나는 사골도
인내를 닮았다.

투덜투덜하면서도
견디고 또 견디는 우리의 삶은
결국 인내의 연속이다.

조금씩,
깊게,
견디며,
인내와 함께
오늘도 잘 살아내련다.

인내와 끈기 그리고 땀은 성공을 위한 불패의 조합을 만든다.

· 나폴레온 힐 ·

필사하기

인내

괴로움이나 어려움을 참고 견딤.
실패, 반대, 이전에 한 실패에 아랑곳하지 않고 어떠한 일이나 행동을 계속 하는 것.

☺ **괴로움이나 어려움을 참고 견딘 후 받게 된 선물은 무엇이었나요?**

인내로 희망을

뽀글뽀글

라면 면발,

뜨거운 물 속에서도 끄떡없다.

킁킁

냄새를 맡는 강아지,

끝내 물건을 찾아내고야 만다.

타닥타닥

작은 초,

세상을 밝히는 희망이다.

끄떡없이

끝내

우리는 희망을 밝힌다.

천재는 단지 인내를 수용할 수 있는 거대한 능력일 뿐이다.

· 조르주루이 르클레르 뷔퐁 ·

필사하기

수용하다

❶ 어떠한 것을 받아들이다.

❷ 감상의 기초를 이루는 작용으로, 예술 작품 따위를 감성으로 받아들여 즐기다.

☺ **어떤 어려움에도 아랑곳하지 않고 하는 일이 있나요?**

6. 김경아

속삭임

아삭아삭
잘 익은 사과를 한 입 베어 입안에서 내는 소리는
계절을 이겨낸
인내의 속삭임이다.

뽀드득
손가락으로 소중한 사람의 이름을 창문에 한 글자씩 써 내려가는 소리는
그리움과 설렘이 담긴
인내의 속삭임이다.

푸릇푸릇
새싹이 눈앞에서 흔들리며 내는 작은 소리는
그간 기다려 주어 고맙다는
인내의 속삭임이다.

세상에서 발견할 수 있는 속삭임은
우리를 행복하게 해 준다.

인내심을 가질 수 있는 사람은 그가 원하는 것을 가질 수 있다.

· 벤저민 프랭클린 ·

필사하기 ●●●

인내심 괴로움이나 어려움을 참고 견디는 마음.

☺ **나를 가장 인내하게 하는 사람이 있나요? 그 사람에게 하고픈 말은 무엇인가요?**

7. 윤선희

시간

쫄깃쫄깃

맛있는 칼국수

수없이 주물러진 찰진 반죽

후루룩후루룩,

덕분에 즐거워진 내 입

반듯반듯

네모난 빨강 벽돌

놀림 받는 막내 돼지!

어슬렁어슬렁,

늑대를 막아내는 튼튼한 집

파릇파릇

돋아나는 새싹

비바람 맞으며 꿋꿋하게 피어나는 꽃

주렁주렁,

나뭇가지 위 복스러운 열매

수없는 시간을 거쳐 만들어진

칼국수와 막내 돼지의 벽돌집과 예쁜 꽃은

또 다른 우주

다른 사람이 참을 수 없는 걸 참아내야만 비로소 다른 사람이 할 수 없는 것을 할 수 있다.

· 법구경 ·

필사하기 ●●●

참다

❶ 웃음, 울음, 아픔 따위를 억누르고 견디다.
❷ 충동, 감정 따위를 억누르고 다스리다.
❸ 어떤 기회나 때를 견디어 기다리다.

☺ **많은 시간을 참고 견뎌서 이루어낸 것이 있나요?**

8. 최덕분

닮아 있구나

향기로운

후리지아 꽃 한 송이가 피기까지

수많은 시련을 견디어 왔구나.

동글동글

푸른빛 지구는

수많은 아픔을 이기어 냈구나.

냠냠냠

뽀오얀 흰색 밥 한 톨은

수많은 어려움을 극복했구나.

견디고

이기고

극복한 너희들은

우리의 희망을 닮아 있구나.

모든 일에서 성공을 결정짓는 첫째이자 유일한 조건은 인내이다.

· 톨스토이 ·

필사하기 ●●●

성공 목적하는 바를 이루어냄.

☺ **당신은 최근에 어떤 성공이 있었나요?**

9. 백미정

흐르다 내리다 치다

졸졸졸

높은 곳에서 낮은 곳으로 흐르는 섭리를 통해

겸손을 이루어 내는

좁은 곳에서 넓은 곳으로 흐르는 침묵 속에서

광활함을 담아내는

강물의 흐름.

부슬부슬

마음을 삼키고 세월을 삼키는

빗속 진심.

쏴아아

지구의 역사를 토해낼 듯한 움직임

숨겨야 할 이야기들을 도로 가져가는 움직임

반복되는 파도의 고민.

강물,

흐르다.

비,

내리다.

파도,

치다.

흐르고 내리고 치는 우리네 인생은

시간으로 증발되어

하늘에서 만날 것이다.

어떻게 에베레스트산을 올라갔냐고요? 뭐, 간단합니다. 한 발 한 발 걸어서 올라갔지요.

· 에드먼드 힐러리 ·

필사하기

간단하다

❶ 단순하고 간략하다.
❷ 간편하고 단출하다.
❸ 단순하고 손쉽다.

☺ **'인내' 하면 떠오르는 인물이 있나요? 이유는요?**

나의 지혜

살금살금
고양이 걸음같이

우르르 쾅쾅
천둥소리같이

모락모락
갓 지은 밥같이

나에게 찾아온
반가운 친구

너의 모양이 어떠하든
네가 무슨 말을 하든
언제나 환영해

지혜의 절반은 인내에 있다.

· 에픽테토스 ·

필사하기 ●●●

지혜 사물의 이치를 빨리 깨닫고 사물을 정확하게 처리하는 정신적 능력.

☺ **당신의 지혜는 어디서 나오나요?**

경수경 | 필사의 힘으로 글에 대한 예쁜 마음을 되찾는 시간이 감사하다.
다른 이의 글을 따라 적는 느낌이 좋다.
글 속에 담겨진 의미를 되짚으며
내 마음에도 새겨지는 문장의 흔적들로 뿌듯함마저 든다.
한동안 글 지옥에 빠졌던 내게 필사하는 행위는
마음을 글에 담을 수 있도록 해주었다.
그리고 작가님들과 함께하는 힘은 나를 단단하게 했다.
글쓰기에 용기가 필요한가?
영혼에 옷을 입히고 싶다면 필사로 용기를 가져보길 권한다.

고선해 | 내 삶의 조각들을 모아 글을 썼다.
그리고 내 삶을 더욱 사랑하게 되었다.
아리고 고통스러웠던 날들이 모여 경력이 되었고,
노력했던 날들이 모여 환희가 되었다.
아무것도 아닌 날은 단 하루도 없었음을
글쓰기와 함께 명확히 알아가고 있는 중이다.
고난과 시련의 시간을 힘겹게 견디고 있는 이에게
나의 이야기가 따스한 손길의 토닥임이 될 수 있으면 좋겠다.

김경아 | '글쓰기로 행복하고 싶다.'
내면의 울림을 경험해 보고 싶어 시작한 글쓰기였다.
이렇게 설렘 가득할 줄이야!
불쑥불쑥 올라오는 힘든 감정이 느껴질 때도,
아무것도 하고 싶지 않았던 때도,
기쁨을 감추지 못해 흥분하던 때도,
언제나 펜 한 자루가 내 손에 쥐어져 있었다.
그렇게 써 내려가던 글 한 편 한 편이 고마움이 되어,
또 펜을 들게 했다.
글쓰기는, 눈치 보고 마지못해 고마워하던 과거의 내 모습을
존재만으로도 모든 것에 고마워하는 나로 변화시켜 주었다.
이렇게 난, 글쓰기와 함께 한 번 더 성장했다.

김보영 | '함께'의 힘을 믿고 공저에 참여한 후 위대한 글의 영향력을 경험하는 중이다.
있는 그대로의 내 모습을 찾아가는 과정에서 세상을 바라보는 눈이 달라졌다.
진심을 눌러 담아 쓴 글은 나에게 치유를 선물했다.
즐거운 변화, 진정한 변화가 시작되었다.

김영주 | 생명을 잉태한 엄마는 40주 동안 아이를 기다린다.
글 쓰는 작가는 글이 책으로 탄생하기까지 최소 몇 달을 기다린다.
아이를 기다리는 것과 같이 책을 기다리는 것은
설렘이고 기쁨이고 사랑이고 행복이다.
나의 아이가 누군가에게 영향력이 있는 사람이 되길 기대하듯,
나의 책이 누군가의 삶에 영향력이 있기를 기대한다.

백미정 | **필**
연적 사람들과 함께
사
랑 그리고 삶을 기록했던 시간.
학우들만큼만 성장하는 필사자가 되겠다 다짐했다.
독자들에게도 그러한 책이 되기를 바란다.

위혜정 | 무심하게 떨어뜨린 삶의 조각들을 주워 올린다.
꼼꼼하게 여기저기 닦으면 제 빛을 찾은 삶에 윤기가 더해진다.
글을 쓰면서 술술 막힘이 없을 때도, 브레이크에 걸려 꽉 막힐 때도 있다.
속도의 진폭이 평균값으로 수렴될 때쯤 제법 멋들어지게 균형을 잡고 있는 내 삶이 보인다.
그래서 난, 글쓰기가 좋았고 여전히 좋으며 앞으로도 좋을 것이다.

윤선희 | 봄이 한창인 계절, 두 번째 공저 출간을 눈앞에 두고 있다.
'시작이 반이다.'라는 명언을 체험 중이다.
글쓰기는 보고 듣고 느낀 것들 중
진짜 나의 것이 무엇인지 발견할 수 있도록 도와준다.
인생의 어려운 순간들이 또 찾아오겠지만
글쓰기의 힘을 믿고 진짜 나를 찾아가기 위해 계속 나아갈 것이다!

진수민 | 세 아이를 키우며 내 안의 어린 나를 만난다.
잔뜩 얼어붙은 표정의 나에게 말을 건넨다.
"괜찮아. 너는 안전해. 우리같이 놀자."
필사하고 나에게 질문하며 글 속에서 평화를 찾았다.
글 속 놀이터에서 뛰어노는 나 자신을 꼬옥 안아준다.
대견해. 사랑해. 고마워. 뜨겁게 응원해!

진은혜 | 글쓰기는 건강검진 같다.

글을 쓰면 쓸수록 내 속 상황들을 투명하게 볼 수 있고, 치유가 필요한 삶의 구간에서는 방법 또한 찾게 된다.

내가 알고 싶은 마음의 찰나를 놓치지 않고 구석구석 찬찬히 글로 바꿔보면 내 방 한 칸 한 칸 소중한 보물들을 발견하는 즐거움이 있다.

잊지 말자.

생각보다 내 주위에는 나를 도와주는 것들이 많다.

최덕분 | 머리와 마음속에 고이 숨겨져 있던 감정과 생각들을 꺼내오는 작업, 글쓰기. 나의 감정과 생각들이 키보드와 만나 하나, 둘씩 문장이 되었을 때 나는 또 다른 성장의 길을 걷고 있었다.

나의 글아, **고**마워 **사**랑해 **덕**분에 **행**복해. **고사덕행**.

저자소개

경수경

배움 : 유아교육 25년차, 심리 치유

나눔 : 부모교육(그림책 감정코칭, 엄마감정수업) 100회 이상 진행

사랑 : 배움을 나눌수록 빛나게 하는(배나빛) 사랑 메신저

고선해

성찰 : 6권의 책 출간

열정 : 유아행복연구소 소장(전국 유치원, 어린이집 대상 강의)

기여 : <자존감 쑥!쑥, 자신감 팡!팡! 발표 교실> 프로그램 개발 및 교육

김경아

한결같음 : 유치원 교사에서 원장까지 30년, 교회주일학교 교사 30년

열정 : 그림책 심리 지도사, 성격 강점 부모교육사, KCA 인증코치

도전 : 유아교육현장의 이야기를 쓰는 작가

김보영

열정 : (사)한국코치협회 KAC 인증 코치

꿈 : 시니어를 위한 맞춤 요가 강사, (사) 한국코치협회 KPC 인증 코치

성찰 : '여름강' 시 동인(동인지 2권 출간)

김영주

희망 : 전) 삼성전자 근무

현) 세계를 무대로 서는 한국어 교원

결단 : 교육공학 석사

감사 : 한국어 교원 1급

백미정

몰입 : 10권의 개인저서 출간, 공저 모임 기획 및 교육

창조 : 언어 멘토 스쿨 운영(필사 모임, 글쓰기 지도, 책 쓰기 코칭, 작가 강사 과정, 글쓰기와 에니어그램)

믿음 : 크리스찬 소그룹 모임 운영

위혜정

성장 : 배우고 가르치며 성장하는 15년차 고등학교 영어교사

도전 : 글 쓰는 삶으로 설렘을 키워가는 작가(개인저서 3권, 공저 2권)

나눔 : 강의와 수업으로 교사와 학생의 성장을 돕는 삶

윤선희

신뢰 : 믿을 수 있는 25년차 간호사

끈기 : 프로 배움러(에니어그램, 글쓰기, 그림)

자유 : 여행에서 발견하게 된 자유를 쓰는 여행 작가

진수민

확신 : 더하기 스쿨(하브루타, 진로코칭) 대표, 독서토론 논술강사, 19년 학습코치.

감사 : 글라쓰(글로나를쓰다) 운영, 책 소리 독서토론 리더, 공저3권 출간

열정 : 이어달리기 온라인 스쿨 운영

진은혜

도전 : 1인 기업 3년차

배움 : 간호조무, 코디네이터, 피부 관리 자격증

자각 : 대한민국 엄마

최덕분

감사 : 지혜 실천가(책에서 발견한 지혜를 실천하게 하는 사람), 고마워 디자이너

나눔 : 더 고마워 감사일기 진행(17기), 더 고마워 셀프 리더십 6주 과정 진행(12기), 일대일 고마워 데이트 선물(코칭권), 책 저자 강의 기획 컨설팅

성장 : "고마워요 사랑해요 덕분에 행복해요." '고사덕행'이 말로 표현되도록 돕다